# Düstere Erinnerungen

*Anna Nymonos*

Thriller

Verlag:
Sabrina Brielmaier
Affolternstrasse 101
8050 Zürich
Schweiz

E-Mail: annanymonos@gmail.com
Instagram: www.instagram.com/anna.nymonos
TikTok: www.tiktok.com/@anna.nymonos

Lektorat und Korrektorat: Hagen Thiele

# ÜBER DIE AUTORIN

Anna, geboren 1987 in Ravensburg, ist nach ihrem Bachelorabschluss in Rechts- und Wirtschaftswissenschaften seit über zehn Jahren als Personalerin tätig. Bei ihrer täglichen Arbeit mit unterschiedlichen Menschen beschäftigt sie sich vor allem mit psychologischen Themen. Sie lebte viele Jahre in Bayern und entschied sich im Jahr 2023 für einen neuen Lebensabschnitt in der Schweiz.

Ihr Interesse an Kunst jeglicher Art war schon immer groß – angefangen beim Verfassen von Gedichten, über das Zeichnen von Mangas, bis hin zur Vollendung ihres Debütromans „Düstere Erinnerungen."

*Für mich – denn ich bin der wichtigste Mensch in meinem Leben*

«Wer andern gar zu wenig traut, hat Angst in allen Ecken;
wer gar zu viel auf andre baut, erwacht mit Schrecken.»

Wilhelm Busch

# DREI TAGE DANACH

## *21. NOVEMBER 2023*

### SONJA

«Ahhh, mein Kopf!», stöhne ich, als ich meine Augen öffne. Ich werde vom grässlichen Deckenlicht derart geblendet, dass die Schmerzen noch tiefer hämmern. Meine Augen fangen allmählich an, die Umrisse der Umgebung wahrzunehmen. Wo bin ich? Es fühlt sich an, als wäre ich aus einem langen Schlaf erwacht.

«Sonja, geht es dir gut?», fragt jemand neben mir. Ich blicke zu meiner rechten Seite und sehe ein bekanntes Gesicht. Je mehr ich blinzele, desto besser kann ich es erkennen.

«Raphi? Wo … bin ich hier?»

«Psst, ganz ruhig.» Er bewegt seinen Stuhl näher an mein Bett. «Wie fühlst du dich?»

Ich entdecke außer ihm keine weiteren Personen. Es sieht aus wie ein Krankenzimmer; alles um mich herum wirkt bizarr. Die Kopfschmerzen werden immer stärker.

«Ist das ein Krankenhaus?», frage ich ihn.

«Ja, aber mach dir keine Sorgen. Es wird alles wieder gut.» Er streichelt mit seiner Hand vorsichtig über meinen Kopf.

«Auuu!», schreie ich. Raphael erschrickt und zieht sie sofort zurück.

«Was ist los? Was hast du denn?»

«Mein Kopf … er tut so furchtbar weh.»

«Sei vorsichtig. Ich möchte nicht, dass es dir noch schlechter geht», sagt er.

«Wie lange bin ich denn schon hier?»

«Drei Tage.»

Um Himmels Willen. Was ist passiert?

«Und seit wann bist du schon bei mir?», möchte ich wissen.

Ich kenne Raphael schon seit meiner Kindheit. Wir sind auf dieselbe Schule gegangen und er war in meiner Parallelklasse. Nur Französisch-Unterricht hatten wir jede Woche gemeinsam und ich wusste, dass er das Fach abgrundtief hasst. Doch seine Mutter wollte unbedingt, dass er diese «wunderschöne» Sprache lernt. Raphaels Vater war Amerikaner und ist gestorben, als er elf Jahre alt war. Bis zu seinem Tod wurde konsequent nur Englisch mit ihm gesprochen. In dieser schwierigen Zeit hat sich Raphael sehr zurückgezogen, um den Verlust zu verarbeiten. Seine Mutter kommt ursprünglich aus Südamerika, was man sofort erkennt, denn er ist ihr wie aus dem Gesicht geschnitten. Heute ist er einer meiner besten und treuesten Freunde im Leben. Immer, wenn ich Unterstützung benötige, ist Raphael an meiner Seite. Aber auch zwischen uns gibt es turbulente Zeiten; besonders dann, wenn er vermehrt mit seinen Stimmungsschwankungen zu kämpfen hat.

«Hm … keine Ahnung. Vielleicht seit zwei Stunden? Aber das ist jetzt nicht wichtig, du solltest dich ausruhen. Ich bin so froh, dass du aufgewacht bist.»

Ich bin sprachlos und versuche, meine Gedanken zu sortieren. Wieder starre ich die Lampe an der Decke an. Noch immer haben meine Augen Schwierigkeiten, sich an dieses schreckliche weiße Licht zu gewöhnen.

«Kannst du dich denn an irgendetwas erinnern?», fragt er.

Außer den Kopfschmerzen spüre ich rein gar nichts.

«Nein.»

Plötzlich steht er von seinem Stuhl auf und entfernt sich von mir. «Ich werde einer Krankenschwester Bescheid geben, dass du wach bist.»

«Warte, Raphi! Bitte geh noch nicht!», rufe ich ihm noch hinterher. Doch zu spät; er hat das Zimmer bereits verlassen. Ich höre ein Klackern; vermutlich kommt es von der Deckenlampe. Sie hat angefangen, zu flackern; wahrscheinlich ist die Leuchtstoffröhre kaputt. Je länger ich dieses Flimmern beobachte, desto schlimmer ist das Leiden.

# KAPITEL 1

## MARTIN

Wie konnte sie das tun? Bisher hat es keine Frau gewagt, so mit mir zu sprechen. Sie hat doch angefangen, mir diese beschissenen Fragen zu stellen; ich hab' ihr nur meine Meinung gesagt. Was kann ich dafür, wenn sie damit nicht umgehen kann? Ich schaue mindestens zum zwanzigsten Mal auf mein iPhone und hab' immer noch keine Antwort bekommen. Seit Tagen reagiert sie weder auf meine Anrufe noch auf meine Nachrichten. Macht sie das mit Absicht? Ich bin mir keiner Schuld bewusst, sie war diejenige, die mit dem Drama angefangen hat. Doch mich einfach zu ignorieren, ist wirklich nicht die feine englische Art.

Seit fast vier Jahren sind wir schon zusammen. Ich kann mich noch gut erinnern, wie wir uns kennengelernt haben. In einem Pub beim Fußballschauen sah ich sie das erste Mal. Ich wurde überredet, für etwas Unterhaltung in der lahmen Männerrunde zu sorgen. Dabei interessiere ich mich null für diesen Deppen-Sport. Für mich war es schon immer reizvoll, allein aus Prinzip dagegen zu sein, wenn andere etwas feiern. Die Bude war brechend voll an diesem Abend. Die Männer rasteten komplett aus, als ein Tor für ihre Lieblingsmannschaft fiel. Ich saß auf meinem Hocker und trank diese irische Plörre; *Guinness* ist nicht gerade Lieblingsbier. Irgendwann entdeckte ich eine wunderschöne Frau neben mir, die gerade ihre Bestellung beim Kellner aufgab. Ihr langes Haar schimmerte leicht rötlich und mir fiel ihr kleines Muttermal am Kinn auf, welches markant hervorstach. Ihr hübsches Gesicht war kaum mit Schminke zugekleistert, was mir sehr gefiel.

«Können Sie mir ein Bier mit Cola mischen?», verstand ich trotz der Lautstärke.

«Sie meinen ein Cola-Weizen?», fragte der Kellner.

«Nein, kein Weizen. Einfach ein normales Bier mit Cola.»

Ich glaube, der Angestellte und ich hatten denselben Gedanken.

«Also ein Export mit Cola?», hakte er nach.

«Ja, genau!», grinste sie freudestrahlend.

Ich konnte mir einen Kommentar dazu nicht verkneifen. «Man sagt dazu auch *Diesel*.»

Sie drehte sich zu mir um und schaute mich von oben bis unten an. «Wer?»

«Bitte?», fragte ich.

«Wer das wissen will?» Sie kehrte mir den Rücken zu.

«Touché.» Eins zu null für die fremde Schöne. Aber sich einfach wegzudrehen, ist unhöflich. «Wie kommt es, dass ich eine Schönheit wie Sie hier finde?»

Sie wandte sich wieder in meine Richtung. «Soll das etwa heißen, hübsche Damen dürfen nicht in Kneipen rumhängen?»

«Das hab' ich nicht gesagt. Ich bin nur etwas verwundert. An einem Freitagabend würde ich Sie eher im Cocktailkleid und 'nem Prosecco in der Hand zum Beispiel im Theater sehen.»

«Interessant. Und einen Mann wie Sie erwarte ich tatsächlich genau *hier*.»

Sie forderte mich heraus und gefiel mir immer besser.

«Eine so schlagfertige Frau bleibt auf jeden Fall im Gedächtnis. Verraten Sie mir Ihren Namen?»

«Hören Sie dann auf, mich zu belästigen?»

«Ich würde niemals etwas tun, was Sie nicht möchten», antwortete ich.

Nach kurzem Schweigen streckte sie mir ihre Hand entgegen. «Sonja.»

Sonja also. Ich musste diese Frau haben.

# LUDMILLA

Egal ob hell oder dunkel; ich habe jegliches Zeitgefühl verloren. In den letzten Tagen habe ich kaum etwas gegessen. Damit ich für den restlichen Tag genug Kraft habe, nehme ich drei Bissen vom Frühstücks-Toast. Ich behalte sie eine gewisse Zeit in meinem Mund und kaue lange, ehe ich den Brei widerwillig runterschlucke. Erst gestern hatte ich einen Schwindelanfall und musste mich auf einer Parkbank kurz ausruhen. Eine ältere Dame bot mir einen Traubenzucker an und war besorgt darüber, dass ich so blass aussah.

Ich bin froh, dass mein Arbeitgeber viel Verständnis für meine Situation hat. Mein Chef versicherte mir, dass ich mir eine Auszeit nehmen kann, bis ich wieder einen klaren Kopf habe. Dann muss ich mir wenigstens darüber keine Gedanken machen. Ich mag meine Arbeit im Kindergarten und vor allem meine Kollegen. Wenn ich diese Personen nicht um mich hätte, wüsste ich nicht, was ich machen sollte.

Auch heute habe ich sie wieder besucht. Ansonsten hätte ich an nichts anderes mehr denken können. Nichts kann ich tun, das macht mich wahnsinnig! Jeden Tag zu warten und zu hoffen, dass etwas passiert. Heute musste ich mich aber beeilen, da mein wöchentlicher Termin wieder ansteht. Ich war kurz davor, ihn doch noch abzusagen. Aber ich habe die Zähne zusammengebissen und nun stehe ich hier. Mein Autopilot-Modus funktioniert trotz der Umstände weiterhin sehr zuverlässig.

Ich erinnere mich noch gut an das erste Treffen vor ungefähr einem Monat. Lange hatte ich mich dagegen gesträubt, dieses Angebot wahrzunehmen. Ich bin mehr durch Zufall darauf gestoßen, da Susi mitbekommen hat, dass ein freier Platz verfügbar ist. Sie hat mich darin bestärkt, dem Ganzen eine Chance zu geben, da man daraus immer nur etwas Positives für sich gewinnen kann.

Damals stand ich sehr lange vor dem großen Gebäude; es ist im Jugendstil. Viele Frauenköpfe aus Stein blickten auf mich herab. Wenn ich sie zu lange anschaute, wurde es umso unheimlicher. Ich war nervös und wollte sofort wieder flüchten. Einfach weggehen, als wäre ich nie hier gewesen. Dabei legte ich mir schon die glaubhaftesten Ausreden zurecht, weshalb ich den Termin verpasst haben könnte. Ich wollte nur noch weg von hier. Zurück nach Hause in meine eigenen vier Wände; da war ich sicher.

Zum Glück gab ich mir einen Ruck und war über mich selbst erstaunt. Als ich die Klingel betätigte, stand eine Frau mit langen grauen Haaren vor mir. Sie trug ein bodenlanges schwarzes Kleid ohne viel Schnickschnack. Da ich keine Ahnung hatte, was mich erwartete, waren meine Hände die ganze Zeit über schwitzig. Als sie mir ihre Hand reichte, war es mir peinlich, dass mein Schweiß nun an ihr klebt. Meine Scham verflog jedoch schnell, denn ich wurde so angenommen, wie ich bin.

Ich bin schon am Vorabend des Termins nervös. Manchmal wird mir das alles zu viel und ich sage ihn kurz vorher noch ab. Jedes Mal, wenn ich das tue, bereue ich es sofort wieder und habe ein schlechtes Gewissen, weil ich das Zeitfenster für andere blockiert habe. Doch heute bin ich wegen meiner aktuellen Gefühlslage entschlossener denn je.

Als ich den Schalter betätige, öffnet sich die massive Holztür automatisch. Der lange und düstere Flur in das Zimmer ist alles andere als einladend. Mit jedem Schritt näher heran wächst meine Aufregung. Plötzlich sehe ich ihr Gesicht durch den halbgeöffneten Türschlitz und zucke vor Schreck zusammen.

«Frau Gvojic! Ich habe schon auf Sie gewartet.»

# RAPHAEL

«Schlag fester!», schreit mich Toni an.

Ich hole weit nach hinten aus.

«Komm schon!»

Diesen Support brauche ich.

«Genauso! Mach weiter!»

Mir ist heiß und ich schwitze, was das Zeug hält. Ich gehe *all in* mit meiner ganzen Kraft.

«Und jetzt nochmal ein Punch von unten!»

Ich schlage mit *full energy* auf das rote leblose Trainingsgerät ein. Toni klatscht.

«Sehr gut, Rapha. Das war echt stark!» Er klopft mir auf die Schulter. «So energiegeladen habe ich dich lange nicht mehr gesehen.»

«Es musste ... einiges raus», keuche ich.

«Haste grad viel Stress?»

«Kann man so sagen.» Ich nehme mein Handtuch und wische mir den Schweiß aus dem Gesicht. Dabei exe ich meine Flasche Wasser in einem Zug leer.

«Ich würde ja gerne mal ein Bierchen mit dir trinken, aber du weißt ja …»

«Ja, du trinkst keinen Tropfen mehr», beende ich seinen Satz.

«Du solltest dir auch mal eine kleine Scheibe davon abschneiden.» Toni schaut mich stirnrunzelnd an. «Vor dem Training hattest du auch schon was intus, stimmt´s?»

«Du klingst schon wie meine beste Freundin. Oder noch schlimmer, wie meine Mutter.» Ich drehe mich genervt von ihm weg.

«Immerhin bin ich nicht der Einzige, der dir das ehrlich ins Gesicht sagt.»

«Wer braucht schon Ehrlichkeit? Ich habe keinen von euch nach eurer Meinung gefragt.»

Langsam kann ich es nicht mehr hören. «Wenn ich wollte, könnte ich aufhören. Sofort.»

Toni sieht mich mitleidig an; als würde er mir das nicht glauben. «Solange du wieder ins Training kommst, bin ich beruhigt. Man sieht auch schon die Fortschritte bei dir.» Er deutet auf meinen Bizeps.

«Echt, findest du?» Ich betrachte mich im Spiegel. Dabei geht es mir gar nicht so sehr um einen *hot body*. Ich meine, natürlich ist es ein toller Nebeneffekt, den ich sicherlich nicht ablehne. Aber tatsächlich bin ich aus einem anderen Grund hier.

«Erhoffe jetzt kein Kompliment oder so was. Das kannst du dir bei einer Frau abholen, nicht bei mir», lacht Toni.

«Ich hätte auch nichts anderes von dir erwartet.»

Mein Erschöpfungszustand bessert sich langsam. Ich sehe, dass Sonja eine Nachricht geschickt hat. Sie wird heute aus dem Krankenhaus entlassen. Ich texte ihr zurück, dass ich mich darüber freue und biete ihr an, sie mit dem Auto abzuholen.

«Alles okay?», fragt Toni.

«Ja, alles gut. Sonja hat sich gemeldet.»

«Ah, deine beste *Freundin*?», wobei er das Wort Freundin seltsam betont.

«Ja, Freundin. Nicht mehr und nicht weniger.»

«Wie du meinst. Du kennst meine Meinung dazu. Ich glaube nicht wirklich, dass ein Kerl mit einer Frau befreundet sein kann.»

«Ich habe dich immer noch nicht nach einem Ratschlag gefragt.»

«Ich weiß», sagt Toni und schaut auf seine Smartwatch. «Du, ich muss dann mal weiter. Gleich kommt ein potenzieller Kunde zum Probetraining.»

«Alles klar. Wir sehen uns dann wieder am Sonntag?»

«Super. Halt die Ohren steif, Rapha!»

# SONJA

«Danke, dass du mich abgeholt hast, Raphi.»

«Das ist doch selbstverständlich. Wie geht es deinem Kopf?»

Als er sein Auto startet, rumoren ungute Geräusche. Selbst von der Beifahrerseite aus erkenne ich, dass die Motorkontrollleuchte strahlt. Ich verkneife mir einen Kommentar dazu.

«Etwas besser. Ich habe starke Schmerzmittel bekommen.» Nachdenklich schaue ich aus dem Autofenster.

«Immerhin mildert es deine Schmerzen. Verträgst du denn die Mittel?»

«Ja, bisher schon», antworte ich und beobachte die vorbeifahrenden Autos. Wie kleine bunte Farbkleckse rasen sie an uns vorbei; die Farben vermischen sich wie Aquarelle auf einem Bild. Es ist ein wunderschönes Schauspiel; ich könnte mir das stundenlang ansehen.

«Kannst du dich in der Zwischenzeit an irgendetwas erinnern?», fragt er.

Jedes Mal, wenn ich es versuche, spüre ich diesen fiesen Schmerz. Es ist, als würde jemand ein Messer in meinen Schädel rammen.

«Nein, ich weiß überhaupt nichts mehr. Im Krankenhaus hat man mir gesagt, dass mich der Rettungsdienst eingeliefert hat und dass niemand weiß, was genau passiert ist.»

«Was? Hattest du einen Unfall?» Er schaut mich bestürzt an.

«Anscheinend. Ich weiß nur, dass mein Handy keinen Akku mehr hat, hoffentlich ist es nicht kaputt. Das Display ist komplett zerbrochen.»

«Steck es hier mal ein. Vielleicht ist nur der Akku leer. Lass es uns versuchen.»

Er streckt mir das Ladekabel hin und ich schließe es an. Vor einer Ampel bremst er abrupt; als hätte er zu wenig auf den Verkehr geachtet. Ich sehe, wie sich Schweißperlen auf seiner Stirn bilden.

«Ist alles okay, Raphi?»

«Sicher.» Er wischt sich einmal über seine Stirn. «Ist eigentlich jemand von der Polizei auf dich zugekommen?»

Ich blicke ihn entsetzt an. «Polizei? Wieso ... sollte die Polizei mit mir sprechen?»

«Nun ja, ich dachte … da du einen Unfall hattest, ist sie vielleicht involviert?»

Ich antworte darauf nichts. Ein ungutes Gefühl breitet sich in mir aus; die Kopfschmerzen werden stärker. «Au!», halte ich mir meine Hand an die Stirn.

«Oh, no! Sorry, lass uns besser über was anderes sprechen. Ich will dich damit nicht noch mehr beunruhigen.»

Einige Zeit später biegt er an der nächsten Kreuzung rechts in meine Straße ab.

«Hast du denn deine Wohnungsschlüssel bei dir?»

Guter Punkt. Ich beginne sofort, nach dem Schlüsselbund zu suchen. Er ist weder in der Hand- noch in der Jackentasche. Erst, als ich in die Innenseite meines Pullovers greife, spüre ich ihn.

«Ich hab' ihn!», sage ich erleichtert.

«Vergiss dein *cell phone* nicht.»

Ich nehme es vom Ladekabel und schalte es ein. Ein Licht leuchtet, es funktioniert doch noch. Achtzehn Anrufe in Abwesenheit; davon drei von einer Nummer, die ich nicht eingespeichert habe. Zusätzlich vierundsechzig ungelesene Nachrichten auf WhatsApp. Ich öffne den Chat; achtunddreißig davon sind allein von Martin. Beim Überfliegen seiner Texte lese ich eine Mischung aus Besorgnis und Vorwürfen.

«Martin macht sich Sorgen um mich.»

«Das kann ich mir gut vorstellen. Was hat er denn geschrieben?»

«Er entschuldigt sich bei mir, fragt, wie es mir geht und wo ich bin. Anscheinend hat er wohl auch schon vor meiner Wohnung gestanden. Und er muss unbedingt mit mir sprechen, das sei ich ihm schuldig», fasse ich zusammen.

«Sich entschuldigen? Für was?»

«Ich habe keine Ahnung. Ich kann mich an nichts erinnern.»

«Du brauchst deswegen nicht zu verzweifeln. Alles wird gut.»

Seine tröstenden Worte klingen wie Musik in meinen Ohren.

«Ja, das hoffe ich wirklich. Ich bin immer noch verwirrt und kann nicht glauben, dass etwas geschehen ist, an das ich mich nicht mehr erinnern kann.»

«Du solltest ihn zeitnah zurückrufen.» Raphael schaut in den Seitspiegel und parkt das Auto am Straßenrand ein. Dabei muss er einige Male korrigieren.

«Seit wann spornst du mich dazu an?», wundere ich mich.

«Na ja, es könnte sein, dass er etwas mit dem Unfall zu tun hat und er genau deswegen mit dir sprechen möchte. Oder etwa nicht?»

# KAPITEL 2

## MARTIN

Seit Tagen warte ich auf ein Lebenszeichen von ihr. Was ist, wenn sie wirklich ernst gemeint hat, was sie zu mir gesagt hat? Bis zu diesem Abend hab' ich sie noch nie so erlebt. Normalerweise beruhigt sich Sonja immer nach einem Streit. Wie kann es sein, dass es eine Seite an ihr gibt, die ich noch nicht kenne? Ich kann nicht mehr ruhig sitzen und laufe nervös durch meine Wohnung. Mein iPhone klingelt und ich sehe ihren Namen auf meinem Display. Na endlich!

«Sonja! Wo bist du? Wieso hast du dich nicht gemeldet?»

«Es freut mich auch, von dir zu hören, Martin», sagt sie mit einem leicht ironischen Ton.

«Sag mal, willst du mich verarschen?», sprudelt es aus mir heraus. «Tagelang mache ich mir Sorgen um dich und weiß nicht, was los ist! Und dann kommt nur diese Reaktion von dir?» Manchmal bringt mich diese Frau zur Weißglut.

«Ich war bis jetzt im Krankenhaus. Beruhige dich erstmal.»

«Im *Krankenhaus*? Warum denn das?» Das klingt übel, verdammte Scheiße!

«Das wüsste ich auch nur zu gerne. Ich hatte eigentlich gehofft, dass du mir das vielleicht erklären kannst. Wir sollten reden. Kannst du später zu mir kommen? Raphi ist noch da, er hat mich abgeholt.»

Was? Sie ruft zuerst diesen Vollpfosten an, bevor sie an mich denkt? Meine Wut wird immer größer und dann platzt es aus mir heraus. «Wieso kontaktierst du diesen *Scheißkerl* als Erstes?»

Lange höre ich nichts von ihr; keine Ahnung, wie lange es dauert, bis Sonja wieder etwas sagt.

«Ich wünsche mir, dass du zu mir kommst und mir deine Nachrichten erklärst.»

Ach, jetzt auf einmal werden meine Nachrichten interessant.

«Aber nur, wenn wir allein sind. Das ist meine Bedingung.» Ihren komischen Schulfreund hat das nicht zu interessieren.

Es geht mir tierisch auf den Sack, dass die beiden so viel zusammen unternehmen. Es ist eine absolute Frechheit, dass sie während unserer Partnerschaft 'nen besten Kumpel hat, mit dem angeblich noch nie etwas gelaufen ist. Grundsätzlich glaube ich erstmal keinem irgendetwas, bis ich selbst herausfinde, ob das Gesagte der Wahrheit entspricht oder nicht.

«Einverstanden. Bis später», sagt sie und legt auf.

# LUDMILLA

«Guten Tag, Frau Gvojic», begrüßt mich Frau Müller. «Wie ist es Ihnen seit unserem letzten Treffen ergangen?»

«Hm, ich denke ... gut?»

«Wie haben Sie sich nach dem letzten Mal gefühlt?»

«Ähm, ich kann es nicht genau sagen. Ich war danach etwas aufgewühlt», antworte ich.

«Aufgewühlt? Können Sie das genauer beschreiben?», fragt sie mich stirnrunzelnd. Ich versuche, mich an das Gefühl zu erinnern, doch es fällt mir schwer.

«Anders gefragt: Wie geht es Ihnen jetzt in diesem Moment?»

«Jetzt? Hm … normal», erwidere ich.

«Und was ist der Normalzustand für Sie?»

Nach jeder meiner Aussagen stellt sie eine Gegenfrage; das ist etwas anstrengend.

«Na ja, neutral vielleicht? Ich fühle mich weder gut noch schlecht.»

Sie macht sich Notizen, löst ihre übereinander geschlagenen Beine und beugt sich nach vorne in meine Richtung.

«Frau Gvojic, es ist nicht gerade einfach. Wir hatten bereits einige Termine und es fällt mir unheimlich schwer, zu Ihnen durchzudringen.»

«Aber … ich beantworte doch Ihre Fragen. Und ich bin immer wieder gekommen.»

Schlagartig hebt sie den Blick vom Block hoch zu mir.

«Hatten Sie das nicht mehr vor?»

Ich weiß nicht, was ich darauf antworten soll. Sie soll nicht denken, dass es an ihr liegt.

«Ich … war mir nicht sicher, ob mir eine Therapie wirklich weiterhilft. Vor allem jetzt», antworte ich vorsichtig.

«Das versuchen wir gemeinsam herauszufinden.»

Tränen steigen mir in die Augen; schnell wische ich sie weg. Reiß dich jetzt zusammen, Ludmilla! Mach einfach weiter und beantworte die Fragen. Frau Müller lehnt sich wieder zurück in den lilafarbenen Sessel.

«Sie brauchen Ihre Tränen nicht verstecken. Lassen Sie es einfach zu.»

Plötzlich überkommt es mich; ich schluchze und weine wie ein Wasserfall. Die Therapeutin reicht mir eine Packung Taschentücher. Alles, was sich in den letzten Tagen in mir aufgestaut hat, scheint nun auszubrechen.

# RAPHAEL

Es schmerzt wieder mal mitanzusehen, wie sich dieser Kerl gegenüber Sonja verhält. Viel zu oft habe ich ihr nahegelegt, dass ihr dieser *self-absorbed guy* nicht guttut. Sie hat mich nach dem Telefonat mit Martin rasch aus ihrer Wohnung gebeten und will nicht, dass wir uns begegnen. Nun musste ich wegen ihm tatsächlich gehen; das ist so erbärmlich. Dabei hätte ich nur zu gerne erfahren, was die beiden besprechen.

Es hat angefangen zu regnen. Meine Scheibenwischer verbessern die Sicht nicht unbedingt. Im Gegenteil, der Schmutz und das Wasser bilden dunkle Streifen auf der Windschutzscheibe. Schon seit Monaten wollte ich sie austauschen lassen, hatte aber bislang nicht das Geld dafür übrig. Ich bin so unendlich müde. Die letzten Tage konnte ich wieder nicht einschlafen. Stundenlang liege ich wach und habe tausend Gedanken in meinem Kopf. Wenn ich versuche, mich auf das Schlafen zu konzentrieren, verkrampfte ich umso mehr und wälze mich im Bett nur noch hin und her.

Ich kurbele das Autofenster herunter und zünde mir eine Zigarette an. Kaum spüre ich das Kribbeln in meinem Mund, ruft meine Mutter an. Es ist, als hätte sie es schon von weitem gerochen und müsste mich nun wieder daran erinnern, wie gesundheitsschädlich das Rauchen ist. Mal schauen, ob die Freisprechanlage wieder funktioniert. Letztes Mal ging sie nicht und natürlich hat mich die Polizei mit dem *cell phone* am Ohr angehalten. Manchmal habe ich den Eindruck, als würde ich alle Probleme wie ein Magnet anziehen. Ich höre zunächst nur ein Rauschen.

«Mom? Kannst du mich hören?»

«Hallo, mein Schatz. Wie geht es dir?»

Gute Frage. Bis vorhin ging es mir gut; ich habe mich gefreut, Sonja zu sehen. Aber Martin wird sie mit Sicherheit wie ein Stück Dreck behandeln.

«Ich komme klar.»

Es folgt ein längeres Schweigen am anderen Ende der Leitung.

«Schatz, ich mache mir Sorgen. Du kommst gar nicht mehr

zu Besuch.»

In den letzten Wochen ist meine Stimmung wieder spürbar schlechter geworden. Besonders in den dunklen Wintermonaten kommt es oft vor, dass ich morgens wie versteinert in meinem Bett liege. Gefühlt starre ich stundenlang an die Decke und überlege mir, ob es Sinn macht, überhaupt aufzustehen. Wenn ich in der Nacht auch noch schlecht geschlafen habe, ist es viel schlimmer. Sobald dieses Spiel beginnt, hört das Gedankenkarussell so schnell nicht mehr auf.

Ich stelle mir vor, wie es wäre, nicht mehr zu leben. Ganz heftig wird es, wenn ich mir ausmale, welche Todesart ich dafür aussuchen müsste. Verschiedene Szenarien spielen sich in meinem Kopf ab; manchmal bin ich auf einem Berg. Ganz oben auf dem Gipfel stehe ich und schaue ins Tal hinunter. Nun könnte ich einfach springen. Dann würde ich runterrollen und mir jeden Knochen einzeln brechen; schmerzhaft und qualvoll. Vielleicht könnte ich es überleben und wäre danach querschnittsgelähmt? Deswegen entscheide ich mich für eine sicherere Methode und nehme eine Pistole in die Hand. Ich halte sie an meine Schläfe, schaue das letzte Mal gen Himmel und dann drücke ich ab; *Peng*! Ab und zu kommen mir dabei die Tränen. Aber nicht, weil ich Angst habe, sondern weil ich endlich frei bin.

«Bist du noch da?», holt mich Mutter aus meinen Gedanken.

«Ich werde dich bald wieder besuchen kommen.»

«Nimmst du auch die Anti…, äh, ich meine, deine Medikamente?», fragt sie besorgt.

«Natürlich», lüge ich. Wenn ich ihr die Wahrheit sage, wäre sie nur wieder beunruhigt. Mit den Tabletten habe ich häufig üble Nebenwirkungen. Außerdem traue ich generell sämtlichen Medikamenten nicht ganz über den Weg.

«Das ist gut», sagt sie.

Ich ziehe ein letztes Mal an meiner Zigarette und flippe sie aus dem Fenster.

«Du, ich muss jetzt auflegen. Ich melde mich bei dir, sobald ich kann.»

Ich stelle mein Auto ab, nehme einen tiefen Atemzug und starre aus dem Fenster. Vor meinen Augen blitzen die Bilder von ihrem hauchzarten Körper … nein! *Damn it!* Hör auf, Raphael! Ich darf und will nicht daran denken; das ist nicht richtig.

Endlich schaffe ich es, einen Fuß aus dem Auto zu setzen. Ein Radfahrer weicht der offenen Tür gerade noch aus und ruft: «Hey, pass doch auf!» *Shit!* Was war das nur für eine nervenaufreibende Woche?

# SONJA

Ich weiß, dass Martin alles andere als einfach ist. Mit seinen cholerischen Ausrastern und seiner egozentrischen Sichtweise hatten wir schon einige Herausforderungen, die mich des Öfteren an den Rand der Verzweiflung gebracht haben. Doch ich habe ihm immer wieder verziehen und auf Besserung gehofft. Je länger ich in unsere Beziehung investiert habe, desto weniger wollte ich alles aufgeben.

Raphael hat unsere Verbindung von Anfang an als «toxisch» bezeichnet. Damals konnte ich mit diesem Wort wenig anfangen und habe Google gefragt. Ein Ergebnis war ein Online-Selbsttest, um Warnsignale einer toxischen Beziehung frühzeitig zu erkennen. Tatsächlich gab es den einen oder anderen Punkt, der auf unsere Partnerschaft zutraf. Ich tauchte tiefer in die Materie ein und habe mich immer seltsamer gefühlt. Dann habe ich aufgehört, weiter zu recherchieren. Manchmal glaube ich, dass ich die Wahrheit nicht hören wollte und sie deswegen zur Seite geschoben habe.

Es pulsiert in meinem Kopf. Ich versuche, mich an den Unfall zu erinnern, aber als Resultat werden die Schmerzen noch stärker.

Meine überschaubare Zwei-Zimmer-Wohnung sieht katastrophal aus. Ich sollte zumindest etwas aufräumen, bevor Martin kommt. Meine Yoga-Kurse habe ich für die gesamte Woche vorsichtshalber abgesagt. Die Ärzte meinten, ich solle aufgrund des mittelschweren Schädelhirntraumas sehr langsam machen, vor allem mit sportlichen Aktivitäten. Ich werde die nächsten Tage pausieren und schauen, wie es mir dabei geht. Yoga ist für meine mentale Kraft essenziell und ich bin mir sicher, dass einige Übungen gesundheitsfördernd sind.

Ich mache es mir auf der Couch gemütlich, nehme das Handy und scrolle durch *Facebook*. Dabei sehe ich Fotoaufnahmen von einem Bekannten, der gerade Urlaub in den Bergen macht. Die Berge – da war ich schon lange nicht mehr. Zwar kann man an schönen Tagen einige Gipfel vom Bodensee aus betrachten, aber es ist nicht dasselbe, wie ihnen ganz nah zu sein.

Als ich mir die anderen Posts anschaue, fasziniert mich eine Werbung ganz besonders:

*Du unterrichtest Yoga und hast gleichzeitig Lust, dir eine Auszeit zu nehmen?*

Absolut; das sind genau die Worte, die tief aus meinem Innern sprechen. Als käme diese Anzeige wie gerufen. Ich will mehr darüber erfahren.

*Ausgebildete Yoga-Lehrer:innen gesucht, bevorzugte Richtung Vinyasa, mindestens zwei Jahre Erfahrung im aktiven Praktizieren und Unterrichten.*

Es scheint, als wäre die Beschreibung perfekt auf mich zugeschnitten. Jeden einzelnen Punkt davon erfülle ich. Der Veranstalter bietet eine Unterkunft mit Einzelzimmer und Halbpension in einem Yoga-Haus in der Schweiz an. Es sieht so aus, als wäre das ein *Ashram*, so wie man es aus Indien kennt. Während meiner Ausbildung habe ich in Neu-Delhi einige Zeit an einem solch wunderbaren Ort verbracht. Dort habe ich entdeckt, wie wohltuend die spirituelle Gemeinschaft ist; das Zusammenleben, die Haus- und Gartenarbeit sowie die Yoga-Praxis. Ich denke gerne an diese Zeit zurück. Das wäre das perfekte Match für mich und der Gedanke daran gefällt mir immer besser. Bevor ich die App schließe, mache ich von der Anzeige noch einen Screenshot.

Nachdem ich die Wohnung komplett auf Vordermann gebracht habe, bin ich einerseits etwas erschöpft und andererseits auch stolz auf mein Durchhaltevermögen. Als ich die Uhrzeit auf meinem Handy prüfe, sehe ich zwei Anrufe in Abwesenheit. Es ist die gleiche Nummer, die mich schon mehrmals angerufen hatte. Wer ist das nur? Ich wähle die Rückruftaste.

«Polizeidienststelle Ravensburg, Schröder mein …», vor lauter Schreck lege ich auf. Mein Herz klopft. Die Polizei! Was wollen die von mir? Ich weiß doch selbst nicht, was passiert ist. Sofort schaue ich mir nochmal die Anzeige vom Retreat an, öffne deren Website und fülle das Bewerbungsformular mit allen erforderlichen Daten aus. Etwas ungewöhnlich, dass hier nach keinen Zertifikaten gefragt wird. Normalerweise muss man immer Referenzen mitschicken. Nach wenigen Minuten klicke ich auf *Senden.*

Gerade, als ich die Bewerbung abgeschickt habe, klingelt es an meiner Tür.

# KAPITEL 3

## MARTIN

Boah, ich fühl mich so was von abgefuckt. Ich hab' echt ausgepackt und Sonja alles von dem Abend erzählt. Und was bekomme ich dafür? Nach der Geschichte wollte sie, dass ich gehe, um sich angeblich Zeit zum Nachdenken zu nehmen. Dabei hab' ich mich sogar entschuldigt. Sie hat wohl echt keinen Plan, was zwischen uns vorgefallen ist. Zumindest schien sie überrascht, als ich ihr davon erzählt habe. Nicht mal *sie* könnte so gut schauspielern.

Tatsächlich hat sie mir vorgeworfen, dass ich ein Egoist bin. Von wegen, Egoist! Hat sie etwa vergessen, was ich schon alles für sie getan habe? Ich möchte doch nur das Beste für Sonja. Dabei habe ich keine Mühen und Taten gescheut, um sie zu beeindrucken. In arschteure Restaurants hab' ich sie ausgeführt und war sogar noch ihr persönlicher Chauffeur mit Abholservice. Ich hab' abartig viel Zeit und Geld in unsere Dates investiert. Daran musste ich sie immer wieder erinnern, wenn Madame mir Sachen an den Kopf geschmissen hat, die ihr nicht gepasst haben. Alles Gute wird dann einfach unter den Teppich gekehrt; so typisch.

Aber das Schlimmste war, dass mein Auto noch in der Werkstatt ist und ich den Stadtbus genommen hab'. So ein Penner hat sich quer über die Sitze gelegt und trällerte vor sich hin; ein anderer spielte ultralaut so 'ne nervige arabische Musik ab. Mit so 'nem Gesindel die gleiche Luft zu atmen, ist unter meiner Würde. Das nächste Mal rufe ich mir ein Taxi; ganz egal, wie viel es kostet.

Das scheiß nervige iPhone vibriert. Wer zum Geier ist das? Wenn ich die Nummer nicht eingespeichert habe, scheint es niemand Wichtiges zu sein.

*Hi, Martin. Hier ist Raphael, hab deine Nr. von Sonja. Können wir uns auf ein Bier treffen?*

In mir brodelt es, als ich nur schon seinen Namen gelesen habe. Was zum Teufel will dieser Trottel von mir? Er soll sich nicht in unsere Angelegenheiten einmischen; das geht mir so was von auf den Sack.

*Was willst du?,* antworte ich ihm.

Er ist online und schreibt sofort zurück.

*Ich dachte, wir könnten uns mal unterhalten.*

Ey, darauf hab' ich ja mal gar keinen Bock! Dieser Möchtegern-Latino-Schönling verdient eher eins auf die Fresse! Sonja sagt, sie fände den Kontrast seiner schwarzen Haare und braunen Haut zu den grünen Augen faszinierend. Pah! Dafür hat der liebe Gott wohl bei seiner Körpergröße eingespart. Kontaktlinsen und Selbstbräuner kann ich mir kaufen, doch bei der Höhe kann man schlecht nachhelfen, da hat er die Arschkarte gezogen. Der hängt doch nur mit Sonja ab, weil er ihr an die Wäsche will; braucht mir nichts zu erzählen. Ich weiß nicht, ob ich den Kerl länger als 'ne Minute ertragen kann. Andererseits wäre das die Gelegenheit, ihm mal ordentlich meine Meinung zu sagen. Also gut, du Heuchler, das ist es mir wert.

*Eine Stunde, keine Sekunde länger. Wann und wo?,* tippe ich in den Chat. Ich werde bei diesem Treffen für nichts garantieren.

# LUDMILLA

«Ich freue mich, Sie wieder zu sehen!» Frau Müller öffnet mir mit einem Lächeln die Tür.

«Hallo», begrüße ich sie und nehme in ihrem Therapiezimmer Platz.

«Wie geht es Ihnen?» Dabei nimmt sie ihren Block zur Hand und blättert einige Seiten darin zurück.

«Also ... na ja, seit dem letzten Besuch musste ich fast ununterbrochen weinen.»

«Ist das was Schlechtes?»

«Nun, wenn ich im Supermarkt in der Schlange stehe und ich plötzlich in Tränen ausbreche, schauen die Leute mich an und ... das ist nicht gut.»

«Warum ist das nicht gut?»

«Weil … ich nicht möchte, dass mich alle anstarren.»

«Aber sie scheinen sich um Sie zu kümmern. Das ist doch etwas Positives.»

So habe ich das noch nicht gesehen. Während ich darüber nachdenke, schaue ich aus dem Fenster. Die kahlen Zweige einer Eiche bewegen sich vom Wind in alle Richtungen; als würden sie tanzen. Ich merke, wie sich mein linker Mundwinkel nach oben bewegt.

«Was würden *Sie* tun, wenn jemand vor Ihnen weint?» Die Therapeutin holt mich wieder in die Realität zurück.

«Ich würde die Person fragen, ob alles in Ordnung ist … denke ich.»

«Sehen Sie. Manchmal hilft es, die Perspektive zu wechseln und sich in die andere Seite hineinzuversetzen.»

Frau Müller schlägt ihre Beine wieder übereinander und lehnt sich zurück. Heute trägt sie auffallend viel Schmuck; um den Hals eine weiße Perlenkette und verschiedene Ringe an den Fingern. Dabei hat sie einen an ihrem linken Ringfinger, aber nicht am rechten. Sie scheint also nicht verheiratet zu sein; ob sie wohl Kinder hat? Ich traue mich nicht, sie das zu fragen. Sie ist schließlich diejenige, die hier die Fragen stellt; nicht ich.

«Wenn ich … angeschaut werde, möchte ich am liebsten

im Erdboden versinken», erkläre ich.

Wir haben für die nächsten Sekunden einen intensiven Blickkontakt. Ihre Augen sind so dunkelbraun, dass sie auch schwarz sein könnten. Betrachte ich sie zu lange, gruselt es mich.

«Wieso?», möchte sie wissen.

«Ich will nicht, dass sie mich ansehen.»

«Sie möchten also am liebsten verschwinden, wenn Sie weinen?»

«Ja. Weil ich Angst habe … glaube ich.»

«Und wovor?»

Ich wende mein Gesicht wieder zum Fenster. Die Äste haben aufgehört zu tanzen. Ich kann es nicht erklären, aber es stimmt mich etwas traurig.

«Das weiß ich nicht», antworte ich wahrheitsgemäß.

Wieder stellt sie ihr Bein auf den Boden und nimmt eine andere Sitzposition ein. Jedes Mal, wenn sie das tut, weiß ich, dass es ernst wird.

«Wir können Ängste nur dann überwinden, wenn wir uns ihnen stellen. Angst ist an sich nicht gefährlich, auch wenn sie sich so übermächtig anfühlt. Unser Körper versucht nur, sein Überleben zu sichern, aber das Gefühl bringt uns keineswegs um. Spüren Sie bitte in sich hinein, Frau Gvojic. Stellen Sie sich die letzte Situation im Supermarkt vor. Ihre Tränen laufen Ihnen über die Wangen, eine Frau vor Ihnen dreht sich um und schaut zu Ihnen. Die anderen Leute blicken Sie ebenfalls an. Was geht in Ihnen vor?»

Ich versuche mich in die Lage hineinzuversetzen und stehe in der Obst- und Gemüseabteilung; um mich herum viele Menschen. Es überkommt mich und ich weine, jeder schaut mich an. Hastig versuche ich so zu tun, als wäre nichts und wische meine Tränen ab. Eine Frau fragt mich, ob ich ein Taschentuch benötige; dabei guckt sie so mitleidig. Ein Mann auf der anderen Seite wirkt ein bisschen entsetzt. Zwei andere flüstern sich gegenseitig etwas ins Ohr und schütteln ihre Köpfe.

«Die Leute ... schauen mich an. Alle …», sage ich, während mir nun eine echte Träne über die Wange kullert.

«Erzählen Sie weiter.» Frau Müller bewegt ihren Oberkörper langsam in meine Richtung.

«Sie … machen mir Vorwürfe!» Ich schluchze und es bilden sich immer noch mehr Tränen.

«Fühlen Sie sich schuldig?», fragt Frau Müller.

«Ja. Ich bin an allem schuld!»

# RAPHAEL

Die Kneipe ist ziemlich versifft. Ich war hier schon seit mindestens sechs Jahren nicht mehr. Schon beim Betreten macht es den Anschein, als wäre noch nie gelüftet worden. Es riecht nach Bier und altem Rauch. Das Mobiliar ist aus Mahagoni-Holz; die Wände sind mit einem dunkelgrünen Filz überzogen, was den Ort noch düsterer wirken lässt. Einen Treffpunkt in meiner Stammkneipe wollte ich vermeiden. Wer weiß, wie sich *Mister in love with himself* benimmt? Ich schaue auf die Uhr – es ist schon sechs Minuten nach acht. Mit der Pünktlichkeit scheint es der Herr wohl auch nicht allzu genau zu nehmen. Es würde mich ehrlich gesagt auch nicht wundern, wenn er gar nicht auftaucht.

Ich habe mir bereits ein Bier bestellt und genehmige mir einen großen Schluck. Das Quietschen der Eingangstür wirkt noch lange in meinen Ohren nach. Der Kellner grüßt ihn; als er ihm antwortet, ist seine laute Stimme unüberhörbar. Ich wende mich in seine Richtung und winke ihn zu mir rüber. Seine Miene erstarrt augenblicklich, als er mich sieht.

«Servus!» sagt Martin und haut mir fest auf die Schulter. Das war unnötig.

«Hi. Für dich auch eins?», dabei zeige ich auf meine Flasche.

«Auf jeden. Das geht sowieso auf dich», lacht er selbstgefällig.

Dieser Typ ist ein richtiger *pain in the ass*. Ich verstehe nicht, was Sonja an ihm findet. Vielleicht mag sie ihn nur, weil er überdurchschnittlich groß ist. Jedenfalls fällt er sofort auf, wenn er den Raum betritt. Allerdings ist seine Erscheinung nicht unbedingt positiv.

Ich winke dem Kellner zu und bestelle mit einer Handbewegung noch ein Bier.

«Also, was gibt es so Wichtiges, das nicht am Telefon besprochen werden kann?»

«Du kannst dir sicher denken, um was es geht.» *Shit!* Ich sollte mich etwas zurückhalten, ehe er sich von mir provoziert fühlt. Er lehnt sich mit verschränkten Armen in die Sitzbank zurück und mustert mich von oben bis unten.

«Was hast du mir zu sagen?»

Laut, forsch und direkt; genauso habe ich es erwartet.

«Es geht um Sonja.»

Kaum habe ich ihren Namen ausgesprochen, beißt er auf seine Unterlippe.

«Mir war es wichtig, dass ich *face to face* mit dir darüber spreche.»

Er haut mit seiner Hand auf den Tisch.

«Komm endlich auf den Punkt! Was läuft da zwischen euch beiden?»

Vor seinen Wutausbrüchen habe ich Respekt. Sonja hat mir schon einige Male davon erzählt. Ich muss aufpassen, dass das Gespräch nicht weiter aus dem Ruder läuft.

«Was meinst du? Wir sind Freunde und kennen uns schon seit der Schulzeit. Ich möchte mich nur vergewissern, dass es ihr gut geht.»

«Und du glaubst das etwa nicht?» Er nimmt seine Flasche in die Hand und kippt das Bier auf einen Zug runter.

«Seit diesem Unfall noch weniger», antworte ich.

«Was willst du damit sagen?»

«Sonja hat mir erzählt, dass ihr einen Streit hattet. Natürlich keine Details», füge ich hinzu, um die Situation zu entschärfen.

«Und warum sollte *dich* das etwas angehen?» Er beugt seinen Oberkörper in meine Richtung.

«Ich versuche nur, zu verstehen, warum sie im Krankenhaus mit einem Schädelhirntrauma aufgewacht ist.»

Er lacht und wirft seinen Kopf nach hinten, als wäre das ein Witz gewesen. Was läuft mit diesem Kerl nur falsch?

«Du willst *mir* doch wohl nicht unterstellen, ich hätte etwas mit dem Unfall zu tun?»

Jetzt muss ich wirklich aufpassen, was ich sage. «Das habe ich so nicht gemeint. Ich möchte, wie schon gesagt, nur sicherstellen, dass Sonja nicht mehr in Gefahr ist.»

Martin schlägt erneut auf die Tischplatte und steht auf, was wohl sein Schlusswort bedeutet.

«*Du* hast nicht das Recht, das zu beurteilen, mein Freund! Ich glaube eher, dass ihr der Umgang mit *dir* nicht guttut.»

Er zieht seine Lederjacke an; sie schaut neu und teuer aus. Ich kann mir gut vorstellen, dass ihm Markenklamotten äußerst wichtig sind. Martin ist ein Typ, der Menschen anhand ihres Aussehens in Schubladen steckt. Und egal, wie sich der Charakter dann entpuppt, er bleibt stur bei seiner Meinung und vertritt auch vehement seine Ansichten.

«Ich denke, wir sind hier fertig», sagt er und verlässt die Kneipe.

# SONJA

Laufe ich etwa vor der Polizei davon? Mache ich nicht noch alles schlimmer, wenn ich dem Gespräch aus dem Weg gehe? Ich möchte nicht in eine ungemütliche Lage kommen. Vielleicht wird mir sonst unterstellt, ich hätte die Ermittlungen behindert. Es ist vollkommener Humbug, was ich da tue. Vor meiner Abreise könnte ich zumindest klarstellen, dass ich keine Erinnerungen an den Unfall habe. Mittlerweile kenne ich mein Gewissen; wenn ich Probleme aufschiebe und mich nicht drum kümmere, dann klopfen sie immer wieder bei mir an. Sogar während einer Meditation scheint es fast unüberwindbar, sie fortzuschicken. Die negativen Gedanken schweben wie eine dichte Wolkendecke über mir. Selbst wenn ich mir vorstelle, ich wäre in einem Raum und habe alle Fenster geöffnet, bleibt sie über mir haften und will nicht verschwinden.

Ich versuche, meine Morgen-Routine mit Sonnengrüßen und einer Meditation zu beenden und bereite mir meinen ersten Kaffee zu. Schon allein der Duft der Bohnen ist himmlisch. An meinen kleinen Esstisch gönne ich mir ein Croissant mit Mandelmus. Ich nehme einen tiefen Atemzug und halte kurz inne. Ein Telefonat mit der Polizei ist etwas, das ich jetzt sofort lösen kann. Entschlossen nehme ich mein Handy in die Hand und rufe die Festnetznummer an. Insgeheim hoffe ich, dass keiner abnimmt. Doch bereits nach einem kurzen Läuten höre ich eine männliche Stimme.

«Polizeistation Ravensburg, Sie sprechen mit Polizeimeister Schröder.»

«Einen wunderschönen guten Tag. Hier ist Sonja Teubert. Sie hatten versucht, mich telefonisch zu erreichen?»

«Ah, Frau Teubert. Wie schön, dass wir miteinander sprechen. Schon seit ein paar Tagen versuchen wir, Sie zu erreichen. An Ihrem Wohnort haben wir Sie bisher auch nicht angetroffen.»

«Entschuldigen Sie, ich war noch bis vor Kurzem im Krankenhaus.»

Ich höre einige Papiere im Hintergrund rascheln.

«Ja, das wissen wir. Ich wollte mit Ihnen bezüglich Ihres Unfalls vom achtzehnten November sprechen und hätte dazu einige Fragen an Sie. Können wir uns zeitnah persönlich in der Polizeistation treffen?»

Meine Kehle ist wie zugeschnürt. «Ich kann Ihnen derzeit leider keine Auskunft geben. Ich bin im Elisabethenkrankenhaus aufgewacht und kann mich an nichts erinnern.»

Es folgt eine kurze Stille.

«An überhaupt nichts?», hakt der Beamte nach.

«Leider nein.»

Ich vernehme einen Filzstift, der auf Papier kritzelt.

«Melden Sie sich bei mir, sobald Sie sich an etwas erinnern?»

«Aber natürlich.»

«Besten Dank, Frau Teubert. Ich wünsche Ihnen einen schönen Tag.»

«Das wünsche ich Ihnen ebenfalls.»

Puh, ich bin stolz auf mich, dass ich das klar gestellt habe. Tatsächlich hatte Raphael recht mit der Polizei. In der Zwischenzeit habe ich eine E-Mail vom Veranstalter mit der Bestätigung erhalten, dass ich als Yoga-Lehrerin praktizieren darf. Diese Gelegenheit ist perfekt für mich. Vor allem hoffe ich, dass ich meine Erinnerungen in dieser Zeit der Besinnung wiederfinde. Auch wird mir der Abstand zu Martin mehr als guttun. Wenn es stimmt, was er mir erzählt hat, sollte ich mich besser vorerst von ihm fernhalten. Meine Kraft reicht nicht für noch mehr Diskussionen aus. Martin liebt mich von ganzem Herzen; zumindest sagt er das häufig zu mir. Leider stimmen seine Taten nicht immer mit seinen Worten überein. Ich stelle mir oft diese Frage: Bin ich noch glücklich mit ihm? Doch ich finde keine Antwort darauf. Auf meinem Handy blinkt eine WhatsApp von Raphael.

*Hast du heute Abend Zeit?*

Ich antworte ihm, dass ich zuhause bin und er gerne vorbeischauen kann. Mit ihm ist vieles unkompliziert. Es ist so schön, jemanden zu haben, mit dem man sich über fast alle Themen unterhalten kann. Er ist ein guter Zuhörer und Unterstützer; außerdem hat er ein brillantes Allgemeinwissen. Ich bin so oft erstaunt darüber, wenn er etwas erzählt, von dem ich zuvor noch nie etwas gehört habe. Leider nutzt er sein Potenzial nicht mal ansatzweise, wie er eigentlich könnte. Diese Eigenschaften würde ich mir auch von meinem Partner wünschen.

# KAPITEL 4

## MARTIN

Ich bin immer noch stinksauer wegen der ganzen Geschichte. Wieso zum Teufel mischt sich dieser Nichtsnutz ein und was sollte dieses komische Treffen? Da ist etwas gewaltig faul. Ich hab' nicht den Eindruck, dass es ihm wirklich allein um Sonjas Wohlbefinden geht. Er will uns auseinanderbringen; das ist glasklar. Ich hätte gedacht, dass er mir unter die Nase reiben würde, wie er sie gefickt hat – da hätte ich sogar drauf gewettet! Stattdessen beschuldigt er mich, dass ich etwas mit dem Unfall zu tun hätte. Ich hab' mich so zusammengerissen und war kurz davor, ihm einfach eine reinzuhauen. Aber das ist so 'ne Pussy, die mich wegen Körperverletzung anzeigen würde. Deswegen hatte ich schon mal Stress, das brauche ich grad echt nicht.

«Martin, wie ist der Stand mit der Präsentation?», höre ich meinen neuen Vorgesetzten fragen. Das Wort beschreibt es ziemlich treffend, denn einen richtigen Chef würde ich vielleicht respektieren. Ein Vorgesetzter ist nur jemand, der mir im wahrsten Sinne des Wortes vor die Nase gesetzt wurde.

«Ich bin gerade dran», antworte ich ihm.

«Gut. Ich brauche sie bis heute Nachmittag. Schaffst du das?»

Ob ich das schaffe? Du Armleuchter, du wirst schon noch sehen, wer hier bald für wen die scheiß Arbeit machen darf. Ich muss hier raus, bevor ich wütend werde. Auf dem Weg aus dem Büro nehme ich mein iPhone und rufe Sonja an. Ich lasse es klingeln und sie nimmt mal wieder nicht ab. Angeblich schaltet sie ihr Handy immer auf lautlos. Dabei hab' ich ihr schon hundertmal gesagt, dass ich es hasse, wenn ich sie nicht erreichen kann. Sofort hab' ich Kopfkino, wie sie mit 'nem anderen Kerl rummacht. Keine Chance, mich abzulenken. Im Gegenteil, meine Vorstellungen davon werden dann noch realer. Na endlich! Sie ruft zurück.

«Sonja, wo bist du?»

«Zuhause. Wieso? Was ist denn los?»

Eine immense Wut steigt in mir auf.

«Was *los* ist? Dein lieber Freund geht mir tierisch auf den Zeiger! Ich möchte nicht mehr, dass du Zeit mit ihm verbringst, Sonja.»

«Wir hatten diese Thematik schon einige Male.»

«Du weißt genau, dass ich es nicht abkann, wenn du dich mit ihm allein triffst. Es macht mich fast wahnsinnig, vor allem wenn ich nicht weiß, was ihr da immer so besprecht. Oh, apropos *besprechen* …», möchte ich gerade ausführen, ehe sie mich unterbricht.

«Martin, du wirst mir nicht den Kontakt zu Raphi verbieten! Er ist und bleibt mein bester Freund. Und das war von Anfang an die Bedingung, dass du mir wenigstens diesen einen Freiraum lässt.»

«Ich möchte dich sehen. Ich fahre nach der Arbeit zu dir.»

«Nein!», schreit sie mich beinahe schon an.

Das trifft mich. Diese Widerwehr hab' ich von ihr nicht erwartet. Ich kenne sie schon lange genug. Sie diskutiert gerne mit mir, doch meistens schaffe ich es, sie zu überzeugen. Außer bei diesem Thema; da bekomme ich sie nicht dahin, wo ich sie gerne hätte. Dabei hab' ich schon alles versucht. Einmal ging unser Streit sogar so weit, dass ich ihr gedroht hab', sie zu verlassen, wenn sie nicht auf mich eingeht. Da hat sie das erste und einzige Mal nachgelassen und mir versprochen, dass sie den Kontakt zumindest einschränken würde. Das ging aber dann auch nur ein paar Wochen lang so.

«Warum sagst du nein? Ich höre doch, dass es dir nicht gut geht, mein Schatz.»

«Ich brauche eine Pause.»

«Was genau meinst du damit?»

«Ich werde Anfang Dezember für einige Tage auf ein Yoga-Retreat in die Schweiz gehen. Bitte respektiere das. Ich melde mich, wenn ich danach wieder einen klaren Kopf habe.»

«Wegfahren? Ich glaub' nicht, dass es in deiner Verfassung 'ne gute Idee ist.»

Sie kann doch nicht einfach ohne mich wegfahren.

«Ich brauche Ruhe. Außerdem habe ich schon mit der Polizei telefoniert. Sie wollten mich zum Unfall befragen. Es scheint also etwas passiert zu sein, von dem ich definitiv nichts mehr weiß.»

«Aber, wieso muss es denn gleich die Schweiz sein?»

«Es hat sich so ergeben. Ich mag die Berge und ich bin davon überzeugt, dass mir das sehr guttun wird. Vielleicht fange ich dort an, mich Stück für Stück zu erinnern.»

«Wann geht das los?», hake ich nach.

«Nächsten Sonntag.»

«Und wo ist das genau?»

«Stopp! Ich möchte nicht, dass du mir hinterher spionierst. Vertrau mir, bitte. Ich muss jetzt auflegen. Hab' noch einen schönen Abend!» Sie drückt mich weg.

Pah, wenn sie es mir nicht sagen will, okay! Dann finde ich es eben allein heraus; so leicht lasse ich mich nicht abspeisen. So gut müsste Sonja mich inzwischen kennen.

# LUDMILLA

«Danke, dass wir den Termin vorziehen konnten, Frau Müller», sage ich und deute eine Verbeugung an.

«Aber natürlich. Ich nehme mir gerne die Zeit für Sie.»

Die Therapeutin deutet mir, mich zu setzen. Dabei nehme ich wie jede Woche auf ihrem Sessel Platz. Das Lila gefällt mir. Schade, dass die Farbe schon lange nicht mehr in Mode ist.

«So, Frau Gvojic, was haben Sie heute bisher alles erlebt?»

Was ich erlebt habe? Das klingt so positiv. Ich lebe gerade jeden Tag vor mich hin, aber dass ich etwas *er*lebe, fühle ich nicht.

«Ich war heute auf der Arbeit.»

«Aha. Seit wann gehen Sie wieder arbeiten?»

«Seit … Anfang der Woche. Ich musste etwas tun.»

«War es ein angenehmer Arbeitstag?», möchte sie wissen.

«Angenehm ist übertrieben. Aber … ich konnte mich zumindest ablenken.»

Sie beugt sich weiter zu mir nach vorne. «Ich würde gerne nochmals mit Ihnen die Situation von letzter Woche analysieren. Erinnern Sie sich? Sie hatten sich die Situation im Supermarkt vorgestellt und am Ende mussten wir abbrechen, weil es nicht mehr möglich war, die Therapie fortzusetzen.»

«Ja», sage ich mit gesenktem Kopf. Ich schäme mich dafür.

«Sie hatten auf mich überhaupt nicht mehr reagiert. Es war, als hätten Sie eine Panikattacke gehabt.»

«Ja, ich erinnere mich», bestätige ich noch einmal.

«Sie hatten mehrere Male gesagt, dass Sie schuld seien, Frau Gvojic.»

Sofort schnürt es mir wieder den Hals zu.

«Hören Sie, ich möchte Ihnen helfen. Ich bin nicht hier, um Sie zu verurteilen. Das müssen Sie bitte immer Hinterkopf behalten. Wir wollen gemeinsam herausfinden, welche Schuld auf Ihren Schultern lastet.»

Mein Hals ist immer noch trocken. «Haben Sie … ein Glas Wasser für mich?»

«Natürlich.» Frau Müller steht, ohne zu zögern, auf und verlässt den Raum. «Ich bin sofort wieder da.»

Das erste Mal schaue ich mir die Einrichtung ihres Therapiezimmers genauer an. Bis auf die Sessel aus Satin ist mir bisher noch nicht viel aufgefallen. Es stehen ein paar grüne Pflanzen im Raum verteilt und es hängen eingerahmte Bilder an der Wand. Darauf sind Farbkleckse zu sehen; es erinnert mich an die Tests von einem bekannten Psychologen. Mir fällt sein Name nicht ein. Ich war so in Gedanken versunken, dass ich Frau Müller gar nicht habe kommen hören.

«Gefallen Ihnen die Tintenklecksbilder?», fragt sie mich.

«Ja, das ist interessant. Diese haben doch einen bestimmten Namen, oder?»

«Sie meinen den Rorschachtest.»

«Ah, ja genau.»

«Sie stammen von dem Schweizer Psychiater Hermann Rorschach. Nach seiner Theorie kann man je nachdem, was man auf seinen Farbklecksen erkennt, Schlüsse auf die Persönlichkeit ziehen. Interessieren Sie sich allgemein für Kunst, Frau Gvojic?»

«Ich habe früher gemalt. Jetzt nicht mehr.»

«Wieso haben Sie damit aufgehört?»

«Ich hatte keine Zeit mehr … vor allem wegen meiner Tochter.»

«Oh, Sie haben eine Tochter? Das überrascht mich jetzt. Bisher haben Sie nie von ihr berichtet.»

«Ich weiß, deshalb wollte ich heute auch zu Ihnen kommen. Ich glaube, es ist an der Zeit, mit Ihnen über … sie zu sprechen. Denn ich bin schuld, dass es ihr schlecht geht.»

Ich halte kurz inne und eine Träne kullert über meine linke Wange.

# SONJA

Es klingelt an meiner Haustür; das muss Raphael sein. Ich schätze seine beruhigende Wirkung auf mich. Mir wird bewusst, dass ich mehr Zeit mit Menschen verbringen sollte, die ich gerne habe. Die Schritte im Treppenhaus werden lauter.

«Mein Raphilein!» Ich falle ihm in die Arme. Er drückt mich fest an sich; die Schmerzen melden sich sofort wieder.

«Ahh!»

«Oh nein. Was ist los?», fragt er besorgt.

«Schon wieder diese blöden Kopfschmerzen.»

«Das ist kein Wunder, bei so einem *Freund* hätte ich auch Kopfschmerzen.»

«Sehr lustig. Ich frage mich, welchen meiner Freunde du meinst.»

Er hängt seine Jacke an meine Garderobe und läuft zielgerichtet in meine Küche. «Ha ha, das kannst du dir jetzt aussuchen.»

Mir ist schwindelig; ich sollte mich setzen.

«Und? Kamen in der Zwischenzeit neue Erkenntnisse?» Dabei höre ich, wie er den Kühlschrank öffnet.

«Nein, leider nicht.»

Glasflaschen klimpern aus seiner Richtung.

«Ich würde mir ein Bier nehmen, ist das in Ordnung?»

«Willst du meine ehrliche Antwort darauf?»

«Eigentlich nicht.» Er lacht, was er bei Unsicherheiten immer tut, und öffnet sich ein *Augustiner*. Sein Suchtverhalten macht mir Sorgen. Als gute Freundin sehe ich mich in der Pflicht, ihn immer wieder darauf hinzuweisen, auch wenn es ihn nervt. Ich kann ihn zwar nicht zwingen, damit aufzuhören, aber ich kann ihm zumindest meine Hilfe anbieten.

Die Schmerzen werden nicht besser. Ich lege mich quer auf die Couch.

«Kann ich etwas für dich tun? Soll ich dir einen Tee machen?»

Ich wünschte, Martin hätte auch so feine Antennen wie er.

«Danke, das ist lieb von dir. Ich brauche gerade nichts.»

Er nimmt einen Schluck aus seiner Flasche und mich überkommt ein seltsames Gefühl; ich kann es nicht genau beschreiben. Es ist so, als wird mir meine gesamte Energie entzogen. Raphael nimmt auf meinem Sessel Platz und rückt ihn etwas näher zu mir heran. Erneut setzt er die Flasche an und trinkt sie leer; zwei Schlucke hat er dafür gebraucht. Ich halte mich noch mit einem Kommentar zurück.

«Sonja, ich muss dir etwas beichten.»

In meiner Bauchregion zieht sich etwas zusammen; ich habe das Gefühl, mich gleich übergeben zu müssen.

# LUDMILLA

Frau Müller sieht mich immer noch erwartungsvoll an. «Wollen Sie nun etwas über Ihre Tochter erzählen?»

Ich schaue zum Fenster hinaus und beobachte zwei ballspielende Kinder auf der Straße. Dabei stelle ich mir vor, wie Eli dazukommt und sie zu dritt spielen. Ich höre ihr lautes und herzliches Lachen in meinen Ohren.

«Sie heißt Elisa und ist sechs Jahre alt. Sie ist … ein aufgewecktes und lebhaftes Kind. Am liebsten spielt sie mit ihren Puppen, Barbie und Ken. Sie will immer Barbie sein und die anderen sind immer Ken.»

«Mit anderen meinen Sie sich und den Vater von Eli, nehme ich an?», hakt sie nach.

«Nein.»

«Was ist mit dem leiblichen Vater?»

Ich hatte damit gerechnet, dass sie diese Frage irgendwann stellen würde. Nun werde ich ihr wohl meine ganze Geschichte erzählen müssen.

«Wir … sind geschieden. Er hat mich während der Schwangerschaft sitzen gelassen. Seine Alimente zahlt er auch nicht regelmäßig.»

«Das heißt, Sie kümmern sich allein um Ihr Kind?»

«Ja.»

«Gibt es sonst einen Partner an Ihrer Seite?»

Mir kullern noch mehr Tränen. «Ich … habe erst vor Kurzem angefangen zu daten.»

Sofort notiert sich Frau Müller etwas in ihren Block. «Treffen Sie aktuell denn jemanden?»

Ich schweige zunächst; mir ist das Thema unangenehm. Unwohl rutsche ich in meinem Sessel hin und her.

«Wollen Sie darüber nicht sprechen?»

«Ich kann nicht viel darüber erzählen. Ich hatte nur ein Date. Und es war … schön.»

«Aber?»

«Na ja, es … hat nicht gut geendet.»

«Möchten Sie mir berichten, was passiert ist?»

Das war es nun. Es fließt wieder unaufhaltsam. Ich nehme

meine Hände vor das Gesicht und schluchze. Die Therapeutin reicht mir ihre Taschentücher, denn meine Packung ist schon aufgebraucht. Ich schnäuze und schäme mich, dass ich dabei so laut gewesen bin.

«Wegen mir … mussten wir das Treffen abbrechen.» Ich versuche von meinen Tränen abzulenken.

«Erzählen Sie mir davon.»

Es ist so kräftezehrend, darüber zu sprechen. Ich bin erschöpft. «Eigentlich … möchte ich jetzt lieber nach Hause», sage ich tränenüberströmt.

«Aber, Frau Gvojic!», höre ich noch ihre Stimme, als ich fluchtartig aus dem Therapiezimmer stürme.

# KAPITEL 5

## MARTIN

Ihre Ignoranz bringt mich zur Weißglut. Ich brauche meine Partnerin an meiner Seite und in meiner Nähe. Ich muss sie sehen und vor allem auch spüren. Auf so 'ne platonische Kacke hab' ich keinen Bock. Es nervt mich, dass sie einfach wegfährt. Ich hätte sie nicht aufgehalten, auch wenn es mir schwergefallen wäre, sie allein gehen zu lassen. Mit so 'nem Yogi-Zeugs kann man mich wirklich jagen, da hätten mich keine zehn Pferde hingebracht. Trotzdem hat sie mich nicht in die Entscheidung einbezogen, sondern mich vor vollendete Tatsachen gestellt. Das ist 'ne richtig beschissene Aktion. Sie wollte mir nicht verraten, wohin genau sie geht. Warum macht sie daraus so ein Geheimnis? Das macht mich nur noch neugieriger und zugleich misstrauischer.

Ich setze mich an meinen Schreibtisch und schalte meinen Laptop an. Eigentlich hätte ich 'nen Arsch voll Arbeit vor mir, die ich heute nicht mehr geschafft habe, aber man muss Prioritäten setzen. Die Präsentation für unseren Kunden hat Herr Neunmalklug noch bekommen, darüber kann er sich nicht beschweren. Ich war schon immer gut darin, Deadlines einzuhalten. Unter Zeitdruck bin ich noch produktiver als sonst. Ich weiß genau, dass es ohne mich in der Abteilung kein Stück vorwärts gehen würde. In Meetings bin ich immer derjenige, der die besten Lösungsvorschläge parat hat. Dabei wird immer alles zu Tode diskutiert, als würde ein Weltuntergang bevorstehen. Ich kapier es nicht, wenn Herr Mister Wichtig meine Vorschläge nicht übernehmen will.

«Das ist so nicht umsetzbar» ist eine seiner Standardfloskeln. Da kommen diese Spackos mit ihrem MBA aus London, New York oder Tadschikistan und denken, sie hätten die Weisheit mit Löffeln gefressen. Am schlimmsten sind diejenigen, die noch einen Doktor- oder Professorentitel haben. Wenn es für 'nen *Porsche* nicht reicht, dann immerhin für 'ne Promotion.

Nach hundert Jahren startet endlich der Laptop, ich öffne

den Browser. Ich muss herausfinden, wo dieses Yoga-Gedöns ist. Als Sonjas Partner hab' ich das Recht darauf, zu wissen, wo sie eine Woche lang sein wird. Irgendwann mal hat sie sich über meinen Laptop in ihr E-Mail-Postfach angemeldet und ließ dann auch noch das Passwort speichern. Sonja hat es nicht so mit Datenschutz; so was würde mir nie passieren. Bingo! So schnell bin ich drin.

# LUDMILLA

Nach der letzten Therapiestunde habe ich die folgenden Termine bei Frau Müller abgesagt. Ich kann aktuell nicht mehr hingehen. Meine Freundinnen hätten mich sicherlich ermutigt, weiterzumachen und nicht aufzugeben. Es bringe mich sicherlich vorwärts im Leben. Aber ich kann einfach nicht mehr. Seit diesem Abend, an dem ich den Anruf von ihm erhalten habe, hat sich mein Leben von der einen auf die andere Sekunde komplett verändert. Auch wenn Frau Müller mir gute Tipps gibt, wie ich meinen Alltag besser bewältigen kann; letzten Endes muss ich es doch allein schaffen.

Meine wichtigste Routine ist mein täglicher Besuch im Krankenhaus. Leider hat sich die Situation nicht verbessert. Doch die Hoffnung habe ich noch nicht aufgegeben. Ich bin aufgeregt und bete, dass es heute anders sein wird. Bis mich die Realität wieder einholt und ich feststellen muss, dass alles so geblieben ist, wie es gestern war. Das Handy holt mich mit einem lauten Klingelton zurück. Ich liege noch zusammengekauert auf meinem Sofa, eingewickelt in einer dicken Wolldecke. Ich habe das Kinderlied *Was müssen das für Bäume sein* eingestellt; es ist Elis Lieblingslied. Ich sehe Frau Müllers Nummer und höre der Melodie noch etwas zu, ehe ich das Telefonat beantworte.

«Hallo, Frau Gvojic, hier spricht Frau Müller. Ich freue mich, dass Sie bereit sind, mit mir zu telefonieren.»

Ich habe sofort den Impuls, ihr eine Rechtfertigung für meine Absagen liefern zu müssen. Nein, Ludmilla, das musst du jetzt nicht tun. «Hallo, Frau Müller.»

«Wenn Sie vorerst nicht mehr kommen möchten, akzeptiere ich das natürlich. Ich habe oft an Sie gedacht und ich würde Ihnen gerne helfen …» Ich entnehme einen tiefen Atemzug. «… und ich wollte Ihnen einen Ratschlag mitgeben. Ob oder was Sie damit machen, liegt ganz bei Ihnen.»

Ich höre ihr aufmerksam zu. «Okay?»

«Also, wir pausieren unsere Therapie, bis Sie sich wieder bereit dazu fühlen. In der Zwischenzeit sollten Sie etwas tun, was Ihnen Freude bereitet. Raus aus dem Alltag, raus aus der

Arbeit, raus aus dem Trott.»

Ihre Worte stoßen innerlich auf Widerstand. «Ich … kann nicht», antworte ich erschöpft.

«Es ist ein Unterschied zwischen nicht *wollen* und nicht *können*.»

«Ich darf mir … das nicht erlauben.»

«Das bedeutet, Sie trauen sich nicht. Haben Sie Angst davor, was die anderen denken?»

Natürlich habe ich das. Ich meine, was würden die anderen von mir halten, wenn sie sähen, dass ich mich vergnüge? Vor allem in der jetzigen Situation.

«Ja. Ich will nicht, dass andere über mich … urteilen.»

«Frau Gvojic, ich werde Ihnen jetzt genau sagen, was andere über Sie denken würden: Sie würden denken, dass Sie eine schwere Zeit hatten. Sie fänden es klasse, wenn Sie Ihr Leben weiterleben. Die anderen würden Sie mit Sicherheit dabei unterstützen. Vor allem die Menschen, die Gutes für Sie möchten.»

Ich schlucke. «Meinen Sie … wirklich?»

«Nehmen Sie wieder die Vogelperspektive ein. Was würden Sie über andere denken? Seien Sie nicht zu streng zu sich, Frau Gvojic.»

Sie hat recht; ich würde das nicht verurteilen. Und es ist ja nicht so, dass ich dann für immer weg wäre.

«Danke für Ihre Worte, Frau Müller. Ich werde … darüber nachdenken. Ich melde mich wieder bei Ihnen.»

Das erste Mal seit Tagen verspüre ich ein Hungergefühl und schaue mich in der Küche nach Nahrung um. Ich hatte keine Energie, einkaufen zu gehen. Eine verstaubte *Ravioli*-Dose steht ganz hinten im Regal; nicht gerade gut, aber besser als nichts. Mit meinem Teller setze ich mich aufs Sofa. Ich esse nicht, sondern schlinge. Ich weiß nicht, wann mir das letzte Mal etwas so gut geschmeckt hat, dabei ist es nur ein Fertiggericht.

Vor Müdigkeit muss ich mich hinlegen und nehme mein Handy in die Hand; Ablenkung brauche ich. Auf *Instagram* schaue ich mir einige Posts an. Früher habe ich aus reinem Zeitvertreib stundenlang auf sozialen Netzwerken verbracht, vor allem wenn Eli nicht hier war.

Ich klicke auf ein Foto mit einer Frau, die im Schneidersitz abgebildet ist. Ihre Hände liegen auf ihren Oberschenkeln und bilden mit Daumen und Zeigefinger einen Ring. Vermutlich ist das eine Meditationshaltung; ich kenne mich nicht aus. Gedankenversunken betrachte ich das Foto einige Zeit lang und überlege mir, ob ich so eine Meditation auch durchhalten würde. Mir hat mal jemand gesagt, dass es möglich ist, an rein gar nichts zu denken. Wie kann das gehen? Dazu gehört sicher viel Übung. Ich klicke auf den Link zum Veranstalter und lese mir den Text durch.

*Das Leben findet JETZT statt. Unser Geist versucht entweder Pläne für die Zukunft zu schmieden oder zu tief in die Geschichten unserer Vergangenheit einzutauchen. Dabei sind wir so sehr in unseren Gedanken verwickelt, dass wir oft das HIER und JETZT verpassen. Wenn wir nicht präsent sind, verpassen wir das Beste im Leben. Mit Meditation und Yoga werden wir vitaler, energischer und auch resilienter gegenüber äußeren Störungen. Tauch ein in die Welt des Yogas und buche noch heute einen fünftägigen Retreat. Dazu üben wir gemeinsam Asanas, Pranayamas und das Meditieren.*

Ich musste die letzten Wörter erstmal googeln, damit ich den Inhalt verstehe. Könnte das etwas für mich sein?

# RAPHAEL

Endlich habe ich mich getraut, es auszusprechen; nun gibt es kein Zurück mehr. Lange führte ich einen inneren Kampf gegen mich selbst. Wenn ich mal den Mut hatte, es ihr zusagen, habe ich sofort wieder den Schwanz eingezogen und bin zurück in mein Schneckenhaus gekrochen; da fühlte es sich sicher an. Ich hatte immer wieder das Gefühl, dass ich nicht gut genug für Sonja bin und ich ihr nichts bieten kann. Und sobald der Impuls wieder da war, meine Gedanken mit ihr zu teilen, habe ich ihn wieder verdrängt.

Schon während der Schulzeit habe ich gemerkt, dass ich mich zu Sonja hingezogen fühle. Sie war so hübsch mit ihren langen Haaren und den großen hellbraunen Kulleraugen. Im Sommer trug sie viele luftige Kleider; ganz besonders ist mir das rote mit schwarzen Punkten in Erinnerung geblieben; sie hat wie ein Marienkäfer ausgesehen. Mir ist Sonjas Glück wichtig und ich kann nicht mit ansehen, wie sie noch mehr Lebenszeit an diesen Typen verschwendet. Sie braucht jemanden, der sie versteht und für sie da ist. Und kein *asshole*, das nur an sich selbst denkt.

Solche Typen kenne ich aus der Schulzeit zu genüge. Das waren immer die, die sehr gut reden konnten und deswegen zum Klassensprecher gewählt wurden. Sie stellten sich selbstbewusst vor die Klasse predigten stolz, wie sie sich um die Belange von allen kümmern würden. Sobald man sie aber um echte Hilfe bat, kam außer viel Geschwätz nichts dabei rum. Letzten Endes setzten sie sich nur für dich ein, wenn es auch zu ihrem eigenen Vorteil war.

«Raphilein, was ist los?», reißt mich Sonja aus meinen Gedanken.

«Oh, sorry.» Meine Kehle ist staubtrocken. «Darf ich mir nochmal ein Bier holen?»

Sonja sieht mich stirnrunzelnd an und ich bemerke, wie sie mir hinterher schaut, als ich an ihr vorbeigehe. Ich öffne den Kühlschrank, ohne auf ihre Antwort zu warten. Hoffentlich sagt sie mir nicht wieder, dass ich auf meinen Alkoholkonsum achten soll. Wenn ich mir das ein oder andere Bier nicht mehr genehmigen darf, macht das Leben gar keinen Spaß mehr.

«Was willst du mir sagen?» Sie klingt fast schon ein wenig ängstlich.

Ich öffne die Flasche. Mein Herz beginnt zu klopfen und mir wird heiß. «Ich würde kurz auf dem Balkon eine rauchen. Kommst du mit?»

«Das ist jetzt nicht dein Ernst? Warum spannst du mich auf die Folter? Erst fängst du an, du müsstest mir etwas beichten, und dann weichst du mir die ganze Zeit aus.»

Sie ist wütend, was ich verstehen kann.

«Ich weiß, sorry. Bitte gib mir etwas Zeit.»

Wenn sie mich so ansieht, würde ich am liebsten zu ihr gehen, sie fest umarmen und sagen, dass alles in Ordnung ist. Dass ich für sie da bin und sie keine Angst zu haben braucht. Doch ich kann und darf das nicht. Ich bin nur ihr bester Freund. Sonja begleitet mich auf den Balkon.

«Ich dachte, du wolltest aufhören?»

«Na ja, du kennst mich doch. Sobald ich ein Bier trinke, brauche ich auch Nikotin.»

«Du brauchst das nicht wirklich. Das weißt du», korrigiert sie mich.

«Ich bin halt schwach.»

«Sag das nicht. Mach dich nicht so klein. Du bist ein großartiger Mensch.» Sie hält kurz inne und lächelt mich an. «Hat es etwas mit dem Unfall zu tun?»

Ich verschlucke mich und huste. Sie klopft auf meinen Rücken und ich beruhige mich allmählich. «Wie kommst du denn darauf?»

«Was willst du mir denn sonst mitteilen? Dass du derjenige warst, der meine Schuhe beim Spielen versteckt hat, und meine Mutter mich deswegen heulend nach Hause tragen musste?»

Ich kann mich noch gut daran erinnern, das war wirklich lustig. «Ha ha, nein. Ich war das nicht, das musst du mir glauben.»

Sie zieht meinen Arm zu sich. «So, Zigarette ist fertig. Komm rein, es ist kalt.»

Jetzt wird es ernst. Ich exe die Flasche leer; in der

Hoffnung, dass mich der Mut nicht wieder verlässt.

«Also?» Ungeduldig stemmt sie ihre Hände gegen die Hüften.

Mein Herz pocht nicht mehr, es rast. Kann und darf ich ihr das sagen, nach allem, was passiert ist? Ist das wirklich der richtige Zeitpunkt, ihr nun alles zu gestehen? Noch immer zögere ich, aber es muss raus. «Sonja, ich wollte es dir schon lange sagen …»

# MARTIN

Mein Traum war es schon immer, für den Geheimdienst zu arbeiten und nicht für 'ne Unternehmensberatung. Doch um ein guter Hacker zu sein, muss man abartig viel Zeit investieren. Ein BWL-Studium war dann doch der einfachere und schnellere Weg, um Kohle zu verdienen. Ich bin clever und weiß, wie die Welt funktioniert. Jeder ist sich selbst der Nächste. Ich lebe ganz nach dem Minimalprinzip: Den größtmöglichen Nutzen mit möglichst wenig Aufwand erzielen. Die Zeit an der Uni Mannheim mit den vielen Schnöseln war anstrengend. Jeder wollte immer mehr herausstechen als der andere: klüger, schöner oder wohlhabender. Im zweiten Semester hatte ich ein oder zwei Professoren, die absolute Vollpfosten waren.

Schließlich hab' ich die Entscheidung getroffen, die Uni zu verlassen und das Studium an der FH fertig zu machen. So was muss ich mir nicht geben; wenn sich Leute so asozial verhalten, dann können sie mich kreuzweise. Außerdem war ich da gerade in meinen Zwanzigern und es geisterten einfach zu viel Online-PC-Spiele, Eishockey-Stars und nackte Frauen in meinem Kopf herum. Der Abschluss ist doch auch nur 'ne Eintrittskarte ins Berufsleben. Irgendwann interessiert sich keine Sau mehr dafür, wo man studiert hat oder welche Noten im Zeugnis stehen.

Den gesamten E-Mail-Account habe ich durchforstet. Die Bestätigung von einem Yoga-Haus für fünf Tage als Yoga-Lehrerin habe ich in einem Unterordner bei ihr gefunden. Ihr Verdienst für diese Woche ist lachhaft; für das Geld würde ich noch nicht einmal aufstehen. Aber immerhin hat sie mir die Wahrheit erzählt. Ich schaue mir auf Maps an, wie lange ich von Ravensburg nach Brig bräuchte; gar nicht mal so nah. Verdammt, meine Karre ist gerade in der Werkstatt. Dieser unnötige Servicetermin kostet auch immer ein halbes Vermögen, nur um so 'nen popeligen Ölwechsel zu machen und den Rußpartikelfilter auszutauschen.

Natürlich nutze ich die Gelegenheit und gucke noch einige andere Mails von ihr durch. Ich möchte Sonja nicht ausspionieren, sondern nur sichergehen, dass sie keine Dinge vor mir versteckt. Wir hatten schon seit 'ner gefühlten Ewigkeit keinen Sex mehr, dabei hat sie ihn immer sehr genossen und bei Orgasmen kam sie sicher nicht zu kurz. Ich möchte nur prüfen, ob es nicht noch jemand anderen neben mir gibt. Sollte ich herausfinden, dass irgendein Kerl meiner Sonja an die Wäsche geht, dann ist Polen aber offen. Ich überlege kurz, wie dieser Schwachkopf Raphael mit Nachnamen heißt. Ich suche nach sämtlichen Nachrichten, die auf irgendwas deuten können. Eine Affäre per E-Mail zu verheimlichen ist einfacher als über WhatsApp. Aber ich hab' nichts Verdächtiges gefunden; immerhin.

# KAPITEL 6

## LUDMILLA

Das Yoga-Retreat-Angebot ist nicht gerade das günstigste; vor allem ist meine aktuelle finanzielle Situation alles andere als entspannt. Ich komme im Moment noch über die Runden, aber wie hoch genau die zukünftigen Kosten sein werden, kann ich noch nicht einschätzen. Darf ich mir eine Auszeit wirklich erlauben?

Ich versuche mir immer wieder Frau Müllers Worte ins Gedächtnis zu rufen: «Seien Sie mutig und machen Sie einfach», höre ich ihre Stimme.

«Nein, das kannst du nicht machen», sagt die andere, die nach mir klingt. Wenn sich die beiden unterhalten, stelle ich mir vor, dass es ein mutiges und ein ängstliches Engelchen gibt.

Ich wäre froh, wenn das mutige lauter wäre. Doch meistens siegt das ängstliche. Ich kann mich so oft nicht entscheiden. Ich habe als Kind mal eine Geschichte von zwei Wölfen gehört, die einen ständigen Kampf in uns führen. Der eine Wolf ist gut; er verkörpert die Liebe, die Hoffnung und die Großzügigkeit. Der andere wiederum ist schlecht; er trägt den Zorn, den Neid und die Sorgen in sich. Die Antwort auf die Frage, wer den Kampf gewinnt, war derjenige, den du am meisten fütterst. Damals habe ich das nicht verstanden, doch jetzt kann ich die Moral nachvollziehen.

Während ich meinen Espresso schlürfe, schaue ich aus dem Fenster. Dort kann sich eine Frau vor Lachen kaum halten. Ich beneide sie; ich wäre auch gerne wieder so unbeschwert. Wie früher, wenn ich mit Eli auf dem Spielplatz war und sie jedes Mal auf die Kinderschaukel wollte. Ich habe sie vorsichtig angeschubst, doch das war ihr nie genug und sie rief: «Höher, Mama!» Dabei hatte sie immer so viel Spaß.

Entschlossen nehme mein Handy in die Hand, öffne meine Kontakte und wähle die Nummer. Nach viermal Klingeln nimmt er ab.

«Hallo?»

«Guten Abend, Franky. Entschuldige, dass ich … dich störe. Ich wollte dich fragen, ob ich nächste Woche spontan Urlaub nehmen könnte.»

«Ludmilla, bist du es?»

«Äh, ja! Tut mir leid, dass ich … so mit der Tür ins Haus falle.»

«Nein, alles gut. Nächste Woche sind wir gut besetzt, sofern sich niemand krankmeldet. Von dem her kannst du gerne freinehmen», sagt er verständnisvoll.

«Danke dir vielmals, Franky!»

«Ich wünsche dir einen schönen Abend. Pass auf dich auf, Ludmilla», sagt er und legt auf.

Das gute Engelchen darf heute eine Flasche Champagner köpfen.

# SONJA

Trotz meines sanften Gemüts könnte ich ihm gerade an die Gurgel springen. Diese Verzögerungstaktik kenne ich nur allzu gut; doch wer A sagt, muss auch B sagen. Sein Atem und die Kleidung riechen unangenehm nach Zigarettenrauch; ich verabscheue das. Vor allem, wenn er dazu noch etwas getrunken hat und diese fürchterliche Alkoholfahne mitschwingt. Über die Winterzeit sorge ich mich noch viel mehr als sonst. Ich schließe die Balkontür hinter ihm wieder zu.

«Raphi, ich möchte jetzt wissen, was Sache ist.»

Er schaut mir wieder nicht in die Augen. Stattdessen läuft er völlig unbeeindruckt durch meine Wohnung und schaut sich um, als wäre er gerade bei einer Besichtigungstour.

«Sag mal, hast du schon was gegessen? Sollen wir eine Pizza bestellen?», fragt er mich.

So komme ich nicht an ihn ran; er befindet sich im Blockier-Modus. Da kann ich noch so sehr auf ihn einreden, es wird nichts bringen. Ich muss meinen Kurs verändern.

«Nein, ich habe noch nichts zu Abend gegessen. Wir können gerne etwas bestellen.»

Er setzt sich hin und streckt sich aus, als würde er gleich ein Nickerchen machen wollen. Dabei bleibt sein Blick an der Decke haften. «Sag mal, hast du dir auch schon mal vorgestellt, wie es wäre, wenn man einfach nicht mehr aufwachen würde?»

Was? Ich erschrecke über diese Frage.

«Das sind ganz schön düstere Gedanken, Raphi. Was möchtest du für eine Pizza?»

«Prosciutto, wie immer.»

«Natürlich, wie konnte ich nur fragen.»

Wenn er etwas gefunden hat, das er wirklich gerne hat, bleibt er einer Sache auch treu.

«Bin ich denn der Einzige, der sich über sowas Gedanken macht?» Er lenkt wieder auf das Thema zurück.

«Also … ich habe auch schon mal daran gedacht, aber ganz selten. Und danach fühle ich mich sehr komisch», antworte ich.

Noch immer starrt er zur Decke. «Wenn du dir aussuchen könntest, wie du stirbst, was würdest du tun?»

Der Verlauf der Unterhaltung löst Unbehagen in mir aus.

«Hm, ich denke friedliches einschlafen», sage ich, während ich die Bestellung online eingebe.

«Falls du deinen Selbstmord planen würdest, wie sähe er aus?»

Samstagabend nur vom Tod zu reden, ermuntert mich nicht unbedingt. Warum führen wir dieses Gespräch auf einmal? Als er gekommen ist, wirkte er ganz normal und für seine Verhältnisse fröhlich.

«Raphi, so langsam machst du mir Angst. Ich hoffe, dass das gerade nur eine schlechte Laune von dir ist. Können wir bitte das Thema wechseln?»

«Aber so bin ich, Sonja. Das bin ich! Das sind Themen, die mich beschäftigen. Ich wollte mich nur öffnen und sie mit dir teilen.»

Ich bin regelrecht schockiert. «Sag mal, seit wann nimmst du deine Tabletten nicht mehr?»

# LUDMILLA

Ich bin schon etwas aufgeregt und prüfe noch ein letztes Mal die Packliste, die ich vom Veranstalter erhalten habe. Die Fahrt in die Schweiz wird ungefähr sechs Stunden mit dem Auto dauern. Der Ort liegt im Kanton Wallis. Ich habe schon mal gehört, dass der Dialekt dort speziell sein soll. Bisher bin ich nur einmal in der Schweiz gewesen. Meine Eltern und ich haben bis zu meinem zehnten Lebensjahr in Moskau gelebt und ich kannte nichts anderes als das Stadtleben. Im Vergleich dazu ist Ravensburg ein Dorf.

Als Eli auf die Welt gekommen ist, bin ich von Berlin in den Süden gezogen. Ich wollte, dass sie in einer kleineren und ruhigeren Stadt aufwächst. Nach nur zwei Bewerbungen als Erzieherin habe ich eine Zusage von einem Kindergarten erhalten. Zu Berliner Zeiten sind wir mindestens einmal im Jahr an den Bodensee gefahren und haben dort Urlaub gemacht. Es war ein Highlight für mich, die Enten und die Schwäne am See zu füttern. Nach der Trennung und Scheidung von meinem Ex-Partner habe ich meine jetzige Wohnung in Ravensburg gefunden.

Von Anfang an habe ich mich hier wie zuhause gefühlt. An dunklen Tagen wirkt das mittelalterliche Flair der Stadt sehr düster, aber das macht mir nichts aus. Einmal habe ich eine Stadtführung mitgemacht. Jedes Tor und jeder Turm schreiben ihre eigene Geschichte. Nun bin ich gespannt, wie Brig im Wallis sein wird. Um Kosten zu sparen, habe ich die Fahrt auf *BlaBlaCar* angeboten. Es hat sich relativ schnell ein Mann gemeldet und sie bei mir gebucht. Laut seinem Profil heißt er *Ragnar* und ist vierunddreißig Jahre alt. Das Foto zeigt einen Wikinger; keine Ahnung, ob man den kennen muss. Wir haben einen Treffpunkt am Bahnhof ausgemacht. Es ist nur fünf Minuten von mir entfernt, aber ich sollte los, bevor ich zu spät komme.

Ich biege an der Ampel rechts zum Bahnhof ab und suche einen freien Parkplatz. Als ich mich umschaue, sehe ich vor dem Bahnhofsgebäude einen auffällig großen Mann mit blonden Haaren. Er trägt eine dunkle Jeans und eine olivgrüne

Lederjacke. Außer einem Rucksack scheint er kein weiteres Gepäck dabei zu haben. Ich denke, dass es *Ragnar* sein könnte und parke auf einer freien Haltefläche. Da mein Auto und das Kennzeichen in meinem Profil stehen, müsste er mich leicht finden.

Ich stelle den Motor ab, schaue zu meiner linken Seite und der Mann scheint verschwunden zu sein. Komisch, gerade eben war er doch noch da. Mir bleibt fast das Herz stehen, als es plötzlich an der Scheibe klopft. Mit einem schelmischen Grinsen steht er vor meiner Beifahrertür. Mich überkommt ein ungutes Gefühl. Ich könnte schwören, es hätte jemand «Tu es nicht» in mein Ohr geflüstert. Er öffnet einfach die Tür und steigt ungefragt ein.

«Hi! Du bist sicherlich Ludmilla, oder?»

«Ja … genau. Und du *Ragnar*?»

«Ha ha, das ist natürlich nicht mein richtiger Name. Ich finde ihn aber cool, deswegen benutze ich ihn als Nickname auf sämtlichen Plattformen.»

Er schaut mich übertrieben lange an und lacht. Was habe ich falsch gemacht? Lacht er mich aus?

«Sorry, das war nicht besonders höflich von mir», führt er fort. Er zieht die Kapuze seines Pullovers herunter und seine volle Haarpracht steht in alle Richtungen ab. «Es ist mir eine Ehre, mit einer so hübschen Frau mitfahren zu dürfen. Ich bin mir sicher, dass du eine brillante Autofahrerin bist. Wie alt bist du, wenn ich fragen darf?»

Er ist jedenfalls alles andere als zurückhaltend.

«Neun… undzwanzig», antworte ich stockend.

«Ach komm, du verarschst mich. Siehst keinen Tag älter als zwanzig aus, wirklich!»

Ich bin überfordert. Mir hat schon lange keiner mehr ein Kompliment gemacht. Ich glaube, meine Backen sind rot angelaufen.

«Also dann, fahren wir los?»

# RAPHAEL

Ich zittere vor Aufregung am ganzen Körper.

«Du glaubst nicht, wie sehr mich diese Frage nervt. Ständig fragt mich meine Mutter, ob ich meine Tabletten einnehme. Von meinem Arzt bekomme ich dann auch noch einen aufs Dach, wenn die Packung nicht leer ist. Ich darf doch wohl noch selbst entscheiden, ob ich Medikamente nehme oder nicht.»

«Aber ich habe den Eindruck, dass du in den Zeiten, in denen du sie nimmst, weniger trinkst und ausgeglichener wirkst.»

Ich habe keine Lust auf diese Unterhaltung. Lieber hole ich mir noch ein Bier.

«Wohin gehst du?», fragt sie und schaut mir nach. Sie weiß genau, wohin ich gehe. Was also soll diese dumme Frage?

«Ich bin es leid, von allen wie ein kleines Kind behandelt zu werden.»

«Das ist doch gar nicht meine Absicht. Ich möchte dir nur helfen, dein Leben wieder in den Griff zu bekommen. Seitdem du das Literaturwissenschaft-Studium abgebrochen hast, hangelst du dich von Nebenjob zu Nebenjob.»

«Na und? Es ist *mein* Leben!» Ich werde langsam sauer und bin enttäuscht, dass sich Sonja jetzt auch wie meine Mutter verhält. «Wieso denkt ihr alle, ihr müsst mir erklären, wie ich *mein* Leben zu leben habe?»

Ich mache die nächste Flasche auf und trinke sie mit einem Schluck fast aus. Danach stoße ich kräftig auf.

«Du bist echt eklig. Und die Stimmung für den Abend ist auch gekippt.»

«Dann geh doch zu deinem verständnisvollen Freund, wenn du denkst, dass die Stimmung mit ihm besser ist!»

Sonja fasst sich an die Stirn. «Ihr zwei! Immer diese Missgunst zwischen euch beiden. Ich verstehe es nicht.»

«Was verstehst du daran nicht?»

«Warum ich nicht einfach mit Martin zusammen und mit dir befreundet sein kann.»

In mir ist der Geduldsfaden nun ganz gerissen.

«Du checkst es einfach nicht.» Ich schüttele den Kopf und stehe auf.

Sonja schaut mich mit großen Augen an. Ich kann mich nicht mehr zurückhalten. So viele Male habe ich meine Emotionen immer wieder runtergeschluckt und verdrängt; es geht nicht mehr. Ich greife nach meiner Jacke und ziehe sie an. Es hat keinen Sinn mehr, noch länger hier zu bleiben.

«Raphi, wovon sprichst du?»

Ich drehe mich zu ihr um und blicke ihr direkt in die Augen. «Du checkst einfach nicht, dass *wir* das perfekte Paar wären.»

Ich höre keinen Ton von ihr, als ich ihre Wohnung verlasse.

# KAPITEL 7

## SONJA

Ich weiß nicht, wie lange ich noch wie angewurzelt auf meiner Couch gesessen habe, nachdem Raphael schon vor einer gefühlten Ewigkeit meine Wohnung verlassen hat. Mir gehen tausend Fragen durch den Sinn, von denen ich keine einzige beantworten kann. Wann hat er gespürt, dass er Gefühle für mich hat? Gab es Indizien, die ich vollkommen übersehen habe? Wie viele Wochen, Monate, oder sogar Jahre habe ich ihn verletzt, weil ich ihm meine Männergeschichten erzählt habe? Oft hat er mir sogar noch Tipps gegeben, wie ich mich in manchen Situationen besser verhalten könne. Ich fühle mich richtig mies. Doch ich kann nicht riechen, wenn jemand Gefühle für mich entwickelt und diese nie zeigt, geschweige denn, darüber spricht. Wieso war er bislang so verschlossen? Jeden Tag; bis auf heute. Es ist, als hätte ein anderer Raphael vor mir gestanden.

Während ich meinen Koffer für die Reise packe, schaue ich auf die Uhr und merke, dass ich schon in zwei Stunden am Bahnhof sein muss. Ich bin vor einer Fahrt mit öffentlichen Verkehrsmitteln immer etwas aufgeregt. Jedes Mal bin ich viel zu früh dort. Bei Zugfahrten ist das noch ärgerlicher, da die Deutsche Bahn für alles andere als ihre Pünktlichkeit bekannt ist. Mein *innerer Monk* zwingt mich trotzdem dazu, früher da zu sein.

Nachdem ich das letzte Kleidungsstück in meinen Koffer gestopft habe, prüfe ich die Yoga-Utensilien. Ich liebe es, für eine gute Stimmung während meiner Stunde zu sorgen. Oft benutze ich eine Klangschale oder zünde eine Kerze für die Duftlampe mit Aromaölen an. Mein heiliges Buch habe ich auch eingepackt. Während des *Shavasanas* lese ich liebend gerne Geschichten vor. Ich schlage das Buch an der Stelle mit meinem Lesezeichen auf; es ist die Parabel *Das Geheimnis des Glücks* aus *Der Alchimist.*

Jedes einzelne Wort lasse ich auf mich wirken. Auch dieses Mal möchte ich sie mit den anderen teilen, denn die Parabel erinnert mich immer wieder daran, dass man eine gute Balance zwischen dem Innen und dem Außen finden muss und genau das werde ich nun tun. Wenn ich diesen Ausgleich wieder finde, werde ich meine Erinnerungen zurückerlangen.

Daran glaube ich fest.

# LUDMILLA

Ich bin nervös, meine Hände sind schwitzig. *Ragnar* ist überaus gesprächig. Ich musste das Radio leiser drehen, sonst kann ich mich nicht auf den Verkehr konzentrieren.

«Ich bin derzeit noch stellvertretender Abteilungsleiter. Eigentlich hätte mir der Posten zugestanden, hab' ihn aber nur nicht bekommen, weil der andere Arbeitskollege schon länger in der Firma arbeitet. Das muss man sich mal vorstellen. Es wird jemand nur deswegen befördert, weil er schon länger in der Bude hockt. Und nicht, weil er besser qualifiziert ist.»

Er scheint etwas aufgebracht. Ich sehe, dass er wild gestikulierend erzählt.

«Es ist unfassbar, wie viele inkompetente Leute befördert werden, aus genau diesen Gründen», seufzt er laut. «Ist das bei dir genauso?»

«Ich … bin Erzieherin und kenne die Welt in der Wirtschaft nicht wirklich.»

«Erzieherin? Kann mir vorstellen, dass man da nicht gut verdient.»

«Es geht mir nicht ums Geld.»

«Letzten Endes geht man doch genau deswegen arbeiten, um seinen Lebensunterhalt zu bestreiten. Es ist ein Tauschgeschäft Zeit gegen Geld. Wenn ich schon meine wertvolle Lebenszeit hergebe, möchte ich auch den maximalen Nutzen erzielen. Ich scheffle doch nicht die Kohle für die obersten Etagen, damit die sich die Taschen vollmachen und ich für 'nen Hungerlohn schufte.» Er schaut mich kurz an. «Das sollte nicht heißen, dass du für 'nen Hungerlohn arbeitest.»

«Schon gut. Ich bin es gewohnt, mich für meine Arbeit zu rechtfertigen.»

«Bekommst du wenigstens einmal im Jahr eine Art … Schmerzensgeld?»

«Wie … meinst du das?»

«Na ja, du musst dir den ganzen Tag dieses Kindergeschrei anhören. Du wirst sicherlich langfristig Schäden davontragen. Also, bekommst du dafür wenigstens eine finanzielle

Entschädigung in Form einer Bonuszahlung?»

Ich merke, dass wir beide in verschiedenen Welten leben.

«Oh, da kommt schon der Grenzübergang», stelle ich fest.

Der Verkehr fließt zähflüssig, wir kommen nur langsam vorwärts. Einige Autos werden von den Zollbeamten aus der Schlange gezogen.

«Man, man, die Schweizer wieder. Da nehmen sie die Kontrollen aber sehr genau.»

Ich kommentiere seine Aussage nicht.

«Glaubst du, sie suchen sich am liebsten deutsche Autokennzeichen aus?», fragt er.

«Was? Nein … ich denke nicht.»

«Hm, da bin ich mir nicht so sicher. Wir sind in wenig Ländern beliebt.»

Ich rolle langsam am Beamten vorbei und er möchte, dass ich das Fenster herunterlasse.

«Grüezi», begrüßt er uns.

«Grüezi», erwidere ich höflich, aber in schlechtem schweizerdeutsch.

«Ihri Uswis, bitte.»

«Natürlich.»

Ich hole mein Portemonnaie aus der Handtasche, während *Ragnar* nichts tut.

«Merci vilmal», antwortet er und gibt ihn mir wieder zurück. Der Beamte blickt nun zu ihm. «Dörfti Ihre Uswis bitte au gseh?»

Dabei rührt er sich keinen Zentimeter.

«Dürfte ich sonst nicht einreisen?», stellt er die provokante Gegenfrage.

«Sie benötiged es gültigs Passdokument für d'Iireis id Schwiiz.»

Ich hoffe, er macht keinen Aufstand.

«Puh, muss mal schauen, wo ich den habe», antwortet er und sucht in seinem Rucksack. Ich lächle den Beamten währenddessen freundlich an.

«Du hast ihn doch hoffentlich eingepackt?», flüstere ich.

«Ich bin doch nicht bescheuert!», faucht er zurück.

Der Beamte wirkt langsam ungeduldig.

«Ha! Da haben wir ihn doch, hier!» Er übergibt ihm das Dokument, als würde er ihm einen Gefallen tun.

Der Schweizer begutachtet genau den Ausweis, schaut dann wieder zu *Ragnar* und dann nochmals auf das Dokument.

«Gibt es ein Problem?», fragt er mit einem leicht aggressiven Unterton.

«Si lueged uf ihrem Föteli andersch us.»

«Ja, das ist auch uralt. Zu dieser Zeit trug ich noch lange Haare. Das war meine *Jesus Christ Superstar*-Phase», erzählt er und lacht dabei. Ich kann nicht einschätzen, ob das wirklich stimmt oder ob er einfach nur witzig sein möchte.

Der Beamte scheint nicht wirklich beeindruckt und gibt *Ragnar* den Ausweis zurück.

«Ich wünsche Ihne no e gueti Fahrt.»

# SONJA

Am Bahnhof ist es eisigkalt; die ersten Schneeflocken fallen vom Himmel. Mein Blick wendet sich nach oben und ich beobachte die vielen weißen kleinen Eiskristalle; sie sind unfassbar schön. Sie glänzen und funkeln wie kleine Lichter. Ich bin froh, dass ich meine wärmsten Wintersachen eingepackt habe. Mein Zug kommt überraschenderweise ohne Verspätung an. Am Bahngleis sind bereits viele Reisende versammelt. Mit Sicherheit ist sonntags ein beliebter An- und Abreisetag.

Auf der Suche nach meiner Sitzplatznummer laufen zwei Kinder auf mich zu. Sie rempeln mich an und ich muss mich festhalten, damit ich nicht falle.

«Hey, Kinder!», rufe ich ihnen nach, aber es scheint sie nicht zu interessieren. Der Junge rennt dem Mädchen hinterher; wahrscheinlich spielen sie Fangen.

Ah, da ist ja mein reservierter Platz. Um mich zu beschäftigen, habe ich mir einige Podcasts heruntergeladen. Lesen ist mir meistens zu anstrengend und macht mich schnell müde. Ich stecke mir meine Kopfhörer ins Ohr, lehne mich zurück und höre eine Episode über das Thema *Achtsamkeit*.

Anscheinend bin ich wohl etwas eingedöst; langsam öffne ich meine Augen und stelle fest, dass es draußen bereits dunkel geworden ist. Meine Blase drückt, ich muss aufstehen. In der Zwischenzeit hat sich ein älterer Herr neben mich gesetzt; er scheint auch zu schlummern. Jemanden zu wecken ist mir äußerst unangenehm, aber was sein muss, muss sein. Ich stupse ihn vorsichtig an die Schulter und bitte ihn höflich, mich vorbeizulassen. Er scheint etwas verwirrt, als hätte ich ihn regelrecht aus dem Tiefschlaf gerissen. Ohne ein Wort lässt er mich an sich vorbei. Schlaftrunken watschele ich den Gang zu den Toiletten; ich höre wieder das Lachen von Kindern. Die Kabine ist besetzt und ich lehne mich gegen die Wand.

«Fang mich doch, du Eierkopf!», ruft das Mädchen.

Der Boden vibriert von ihrem Getrampel. Beide laufen auf mich zu und ich weiche aus, weil sie mich sonst wieder angerempelt hätten.

«Hey! Passt bitte auf, wo ihr hinrennt!», rufe ich erneut. Auch dieses Mal gibt es keine Reaktion. Ich schaue, ob ich irgendeinen Elternteil sehen kann; doch vergebens. Zu wem die beiden wohl gehören?

Als ich wieder zurückgehe, liest der Herr eine Zeitung. Ich möchte ihn bitten, mich durchzulassen, la legt der Zug eine Vollbremsung hin. Gerade noch rechtzeitig kann ich mich am Sitz festhalten, sonst hätte es mich mit voller Wucht auf den Boden geworfen. Die Bremsen quietschen unüberhörbar.

«Alles in Ordnung bei Ihnen?», fragt der ältere Herr.

«Ja, danke … ich habe mich nur erschreckt.»

Die Lautstärke der Fahrgäste erhöht sich zunehmend.

«Was ist jetzt wieder passiert?», höre ich eine Stimme.

«Bitte nicht schon wieder», sagt eine andere.

Nach einigen Minuten erklingt eine Durchsage.

«Sehr verehrte Gäste, aufgrund eines Unfalls mit Personenschaden kommt es zu Verzögerungen. Wir bitten um Ihre Geduld und Ihr Verständnis.»

Großer Gott, das ist ja furchtbar! Bedeutet Personenschaden automatisch Selbstmord? Oder könnte es sich um einen unglücklichen Unfall handeln? Sofort geht mir die Unterhaltung mit Raphael durch den Kopf. Mir wird plötzlich eiskalt. Augenblicklich hole ich mein Handy hervor und schreibe ihm eine Nachricht. Ich kann dieses seltsame Gefühl nicht erklären; ich muss mich vergewissern.

*Ist alles okay bei dir?,* tippe ich ein. Mein Herz rast. Normalweise bin ich schnelle Antworten von ihm gewohnt, doch es vergeht einige Zeit, ehe er reagiert.

*Ja, wieso?*

Puh, ich bin erleichtert. Wie konnte ich nur an so etwas denken? Wir sind bereits irgendwo in der Schweiz. So was würde Raphael doch niemals tun.

# LUDMILLA

«Also, Ludmilla. Erzähl doch ein bisschen was über dich.» *Ragnar* macht es sich auf seinem Sitz gemütlich und verstellt die Rücklehne ganz nach hinten.

«Hm … was möchtest du denn wissen?»

«Zum Beispiel, ob du verheiratet bist? Oder Kinder hast?»

Einem wildfremden Mann solche privaten Dinge zu erzählen, fühlt sich nicht richtig an. Ich traue mich aber nicht, ihm das zu sagen; also schweige ich lieber.

«Ich würde dich gerne etwas näher kennen lernen. Schließlich liegt mein Leben nun in deinen Händen.»

«Fahre ich … so schlecht?»

«Für 'ne Frau gar nicht mal so übel. Da hab' ich schon wesentlich schlechtere Fahrerinnen gesehen.»

Das klingt etwas frauenfeindlich. Ich merke, dass er mich ansieht und sicherlich eine Reaktion von mir erwartet. Dieser Mann wird mir immer unangenehmer. Zum Glück haben wir nur noch wenige Minuten bis zum Ziel.

«Hey, so war das nicht gemeint. Ich wollte dich nicht angreifen. Ich bin manchmal etwas ungeschickt, wenn eine hübsche Frau in meiner Nähe ist.»

Mein Herz beginnt zu klopfen. Ich kann mit Komplimenten nicht umgehen.

«Mir … gefällt meine Nase nicht.»

«Man soll sich nicht auf die Dinge fokussieren, die man nicht mag, sondern auf die, die man schön findet. Deine Augen und dein Lächeln sind jedenfalls bezaubernd.»

Ich möchte am liebsten sofort das Thema wechseln.

«Was … sind deine Pläne in Brig?», frage ich ihn stattdessen.

Er lacht und verschränkt dabei seine Arme hinterm Kopf. «Geschickter Themenwechsel. Aber ich kann dir gerne davon erzählen. Meine Freundin ist dort.»

Moment, sagte er gerade *meine* Freundin oder habe ich mich verhört?

«Sie freut sich sicherlich, wenn ich sie überrasche.»

Lange überlege ich, wie ich nach dieser Freundin fragen

könnte. «Und … was macht *deine* Freundin in Brig?»

Ehe er antwortet, bemerke ich, dass wir gerade am Ortsschild vorbeifahren.

«Oh, wir sind schon da», sage ich.

«Du kannst mich gerne hier irgendwo abladen. Denke nicht, dass das Kaff groß ist.»

Ich halte an einer geeigneten Stelle; er bleibt noch einen kurzen Moment regungslos sitzen.

«In dem Fall … wünsche ich dir einen schönen Aufenthalt», sage ich.

«Danke fürs Mitnehmen.»

Er ist zwar ein komischer Vogel, aber langweilig ist mir während der Fahrt nicht geworden.

«Ich hoffe, dass sich deine Freundin freuen wird.»

«Oh, das wird sie. Da bin ich mir sicher.»

Vielleicht hat er mich doch nicht angebaggert und ich habe das völlig falsch interpretiert.

«Darf ich … noch deinen echten Namen erfahren?», frage ich.

Er schaut mich stirnrunzelnd an. «Warum ist das wichtig?»

«Ich … finde es einfach gut zu wissen, wer mein Beifahrer war.»

«Also gut, weil du ’ne Nette bist. Ich bin der Martin. Hat mich sehr gefreut, Ludmilla.» Er zwinkert mir zum Abschied zu.

# KAPITEL 8

## MARTIN

Was war das für ein Erlebnis? Sie sah echt geil aus, aber ihren Mund hat sie nicht aufbekommen. Dass ich 'ner fremden Frau das Steuer in die Hand gebe, kommt so gut wie nie vor. Selbst bei Sonja habe ich es nur ungern getan. Der Fahrer bin immer ich, denn ich behalte gerne die Kontrolle.

Kurz bin ich schwach geworden, als ich mir vorgestellt hab', wie sie wohl nackt aussieht. Manchmal bin ich von solchen Gedanken so besessen, dass ich den Weibern am liebsten sofort die Kleider vom Leib reißen würde. Vor allem, um zu sehen, ob sich meine Vorstellung mit der Realität deckt. Aber ich werde mich beherrschen; zumindest so lange, bis unser Beziehungsstatus geklärt ist.

Gefühlt ist hier keine Sau auf der Straße; ein total verschlafenes Nest. Hoffentlich bin ich nicht in 'nem schweizerischen Hinterwäldler-Dorf gelandet. Kapier es echt nicht, wie man freiwillig in so 'nem Kaff wohnen kann. Sonja zuliebe bin ich mal irgendwo mit aufs Land gegangen, weil sie in die Natur wollte. «Es ist wie Balsam für meine Seele», hat sie immer gesagt. Kein Plan, was das bedeuten soll. Vermutlich wieder irgendein esoterisches Yogi-Gefasel mit irgendwelchen Energien – so ein Schwachsinn! Und damit verdienen sich die Leute 'ne goldene Nase, weil Frauen auf so 'nen Quatsch reinfallen. Unfassbar. Sollte das mit dem Posten als Abteilungsleiter in absehbarer Zeit nicht klappen, könnte ich ja damit Kohle scheffeln.

Immerhin scheint das GPS auf dem iPhone zu funktionieren. Ich checke die Buchungsbestätigung für mein Zimmer in 'nem Gasthaus und sehe, dass es gleich um die Ecke sein müsste. Auf dem Weg dahin fällt mir ein, dass ich Ludmilla gar nicht gefragt habe, was sie eigentlich vorhat. Generell hat sie nicht viel rausgelassen, aber genau das hat sie interessant gemacht. Wenn ich es drauf angelegt hätte, hätte ich die Süße sicherlich rumbekommen. Noch ein paar gezielte Komplimente und sie hätte mir irgendwann aus der Hand gefressen. Ich sehe uns beide in ihrem Auto wie wir uns küssen; erst langsam und dann leidenschaftlicher. Irgendwann streicheln meine Hände ihre Oberschenkel und wir machen immer wilder miteinander rum. Und kurz bevor es richtig zur Sache geht, weise ich sie ab und sage: «Ey sorry, aber ich hab' 'ne Freundin.»

# RAPHAEL

*Klirr!* Ich schrecke auf. Wo bin ich? Mein Herz rast, als wäre ich einen Marathon gelaufen. Alles ist verschwommen und irgendetwas Warmes läuft meine linke Hand hinunter. Es kribbelt. Ich versuche mich aufzurichten und erkenne mein Wohnzimmer. Es liegt ein unangenehmer Geruch in der Luft. An meinen Fingern wird es immer feuchter, es ist heiß und kalt zugleich. Endlich sehe ich klarer und erkenne lange rote Fäden. Ich reiße meine Augen auf; Blut!

Eine Glasscherbe steckt in meiner Hand. Schnell ziehe ich sie heraus und es fließt noch stärker. *Fuck!* Bevor ich alles vollblute, laufe ich rasch in die Küche und spüle meine Hand ab. Auf einmal überkommt mich ein Gefühl von Traurigkeit. Habe ich schon wieder so stark über die Stränge geschlagen? Ich sammele mindestens neun Bierflaschen vom Boden auf. Ebenso finde ich eine Medikamentenschachtel. Es scheint, als hätte ich gestern eine Tablette genommen. Ich bin überrascht. Mir ging es gestern wohl richtig übel, sonst wäre ich nie an diese Packung gegangen. Die Nebenwirkungen waren die letzten Male so heftig, dass ich mir geschworen habe, sie nie mehr zu nehmen.

Ich traue den Pharmaunternehmen nicht über den Weg. Im Endeffekt sind die Konzerne doch sowieso nicht an der Genesung der Kranken interessiert. Ganz im Gegenteil: Mit dem Leid der Menschen können sie Profit machen. Aber meine Meinung dazu behalte ich in Zukunft besser für mich. Mit dem letzten Arzt ist das schon nicht gut ausgegangen. Sobald ich das Thema nur ansatzweise anschneide, bekomme ich sofort den Stempel eines Verschwörungstheoretikers auf die Stirn gedrückt. Dabei bin ich doch nur kritisch.

Der letzte Termin bei meinem Arzt ist schon eine Weile her. Ich habe ihm gesagt, dass er mir besser etwas gegen Schlafprobleme geben soll; das hilft mir eher als diese Antidepressiva. Zuerst hat er mir Schlaftabletten verordnet, aber die haben nicht geholfen. Nach viel Überzeugungskraft hat er mir endlich etwas Stärkeres verschrieben und mir ein Rezept für *Midazolam* in Form einer Injektionslösung ausgestellt. Der Doktor hat mich darüber aufgeklärt, dass man dieses Mittel eigentlich während diagnostischer oder therapeutischer Eingriffe zur Narkoseeinleitung einsetzt. Ich wollte dieses Medikament unbedingt haben, denn es klang endlich mal nach etwas, was mich für viele Stunden in einen tiefen Schlaf versetzen könnte. Normalerweise dürfte das nicht an Privatpersonen herausgegeben werden. Da mein Arzt aber ein langjähriger Bekannter meiner Mutter ist, hat ihm mein Wort gereicht, dass ich es überlegt einnehme. Vermutlich hatten die beiden auch schon was miteinander, nachdem mein Vater starb. Wenn ich ehrlich bin, möchte ich das eigentlich auch gar nicht wirklich wissen. Anfangs hatte ich etwas Mühe, mir die Applikationsspritzen für die Mundhöhle selbst zu verabreichen, doch ich habe mich schnell daran gewöhnt. Sie wirken wesentlich besser als die Pillen, die er mir davor verschrieben hatte.

Mir ist speiübel, als ob sich mein Magen jede Sekunde entleeren will. Ich sollte eigentlich Wasser trinken, doch es überkommt mich. Sofort renne ich so schnell ich kann zur Toilette und übergebe mich. Daran ist sicherlich diese Tablette schuld. Es kommt noch einmal ein Schwall aus meinem Mund. Mir ist schwindlig, überall tanzen nur noch schwarze Punkte und Flecken. Ich setze mich auf den kalten Fliesenboden und lege meinen Kopf auf der Klobrille ab. Mein *ringtone* weckt mich auf; anscheinend bin ich eingeschlafen. Ich finde mein *phone* zwischen den Sofapolstern. Zum Glück ist es nicht auf lautlos gestellt.

«Toni?»

«Hi, Rapha. Sag mal, wo bleibst du?»

Wo ich …

«*Fuck!* Wie spät ist es?»

«Es ist schon viertel nach elf. Hey, du klingst gar nicht gut. Ist dir etwas passiert?»

«Nein, alles okay», lüge ich. «Ich hab's heute verplant. Können wir das Training später nachholen?»

«Also, ich kann erst wieder am späten Nachmittag. Aber auch nur, weil heute kurzfristig jemand abgesagt hat.»

«Okay, dann komme ich gegen vier. Und sorry für die

Umstände.»

«Rapha …» Toni macht eine längere Pause.

«Hm?»

«Ist wirklich alles in Ordnung? Wenn du Hilfe brauchst, könnte ich … na ja, jemanden anrufen, oder so. Vielleicht … den Rettungsdienst?»

Meint er das gerade ernst? Wieso glaubt Toni, dass ich einen Rettungswagen benötige? «Ach was, ich habe doch nur verschlafen. Mir geht es gut. *Wirklich.*»

«Okay, okay …» Toni seufzt. «Es ist nur, du wirkst nicht wie jemand, der sich helfen lässt. Ich … mache mir ein wenig Sorgen um deine Gesundheit.»

«Ich weiß das zu schätzen, Toni. Wir sehen uns später im Training.»

# LUDMILLA

Laut Navi müsste das Yoga-Haus genau hier sein. Vor dem Eingang steht eine große Buddha-Statue aus Stein. Ich kenne mich mit den Göttern nicht aus, aber die Gestalt daneben hat man schon mal irgendwo gesehen. Einen Elefanten mit mehreren Armen, wie heißt der denn nochmal? Ich hätte mich vorher etwas besser informieren sollen. Beim Betreten des Hauses steigt mir ein starker Duft in die Nase. Ich bin mir unsicher, ob der Geruch angenehm ist oder nicht.

«Namaste», werde ich von einer Frau mit langen Rastalocken begrüßt. Sie hat viele Tattoos, auf ihrem Unterarm sehe ich eine Blume. Ich glaube, das ist eine Lotusblüte.

«Hallo.»

«Wie kann ich dir helfen?»

Duzen finde ich gut; das lockert die Atmosphäre etwas.

«Ich habe … einen Yoga-Retreat bei euch gebucht. Gvojic, Ludmilla.»

«Es freut mich, Ludmilla, dass du den Weg zu uns gefunden hast», sagt sie mit einer ruhigen Stimme. Zu ihren vielen Tattoos trägt sie noch einigen Schmuck am Körper, darunter Halsketten, Armbänder und Ringe. Sie hat blaue Augen; sie sind so hell, dass sie unnatürlich wirken.

«So, lass mich mal nachschauen. Genau, du hast bei uns den fünftägigen Retreat gebucht. Du bist das erste Mal bei uns?»

«Ja.»

«Ich erkläre dir gerne den Ablauf des Programms: Yoga findet täglich jeweils um zehn und um fünfzehn Uhr statt. Jeden Morgen um sieben Uhr ist eine Meditation. An jedem zweiten Abend um zwanzig Uhr findet das Mantra-Singen statt. Wir bieten alle Speisen in Buffetform an. Den jeweiligen Wochenplan findest du auch nochmal hier am Whiteboard.»

Ich bin etwas überwältigt. «Oh … das ist ja ein straffes Programm.»

«Das ist lediglich ein Angebot von uns. Wenn dir nicht danach ist, musst du auch nicht teilnehmen. Tu das, wonach dir der Sinn steht.»

Das entspannt mich gleich viel mehr. Das Glöckchen an der Eingangstür läutet und ich realisiere, dass jemand das Gebäude betritt.

«Namaste», sagt die Rezeptionistin noch einmal.

An mir läuft eine Frau mit hüftlangen, glatten Haaren vorbei. Die Farbe ist brünett mit einem leichten Rotstich. Im Vergleich zu mir ist sie sehr groß; was aber bei einem Meter zweiundsechzig auch nicht schwierig ist. Sie trägt einen knielangen, grauen Mantel. Ihr Parfum durftet blumig.

«Namaste», erwidert die hübsche Frau.

«Wie ist dein Name?»

«Teubert, Sonja.»

Ich fühle mich einerseits von ihr angezogen und gleichzeitig stößt sie mich ab; so etwas habe ich noch nie zuvor bei einem Menschen gespürt.

«Bist du das erste Mal hier?»

«Ja, das ist korrekt», antwortet sie.

«Ah, du bist unsere Yoga-Lehrerin. Wir heißen dich bei uns herzlich willkommen.»

# SONJA

Die Zugfahrt war alles andere als entspannt. Umso mehr freue ich mich, dass ich ohne Probleme den *Ashram* gefunden habe. Es schaut genauso wie auf den Fotos auf der Website aus. Nicht zu pompös, aber auch nicht zu schlicht.

Der Eingangsbereich ist atemberaubend schön; links steht eine große Vitrine aus hellem Holz mit vielen Utensilien, die man für das Yoga gebrauchen kann. Darunter Duftöle, Figuren und Bücher über die Philosophie und Praxis. Auf der anderen Seite hängen Postkarten mit gemalten Posen in fröhlichen Farben. Es stehen zudem einige Statuen und Figuren von Gottheiten verteilt. Ich freue mich schon riesig, mich genauer umzuschauen. Mir geht sofort das Herz auf, wenn man so freundlich empfangen wird. Die letzten Wochen habe ich sehr wenig Herzlichkeit von meinen Mitmenschen gespürt. Bis auf eine Ausnahme: Raphael.

Unsere letzte Begegnung habe ich noch nicht ganz verdaut. Ich kann immer noch nicht fassen, dass ich keinerlei Anzeichen gespürt habe. Zudem bin ich mit der Situation gänzlich überfordert und weiß nicht, wie ich damit umgehen soll. Beim Grübeln werde ich wieder von Kopfschmerzen geplagt. Ich sollte aufhören, mir darüber zu viele Gedanken zu machen, denn ich möchte mich in dieser Woche voll und ganz auf mich konzentrieren.

Ich sehe eine kleine und zierliche, fast schon gebrechlich wirkende Frau neben dem Tresen stehen. Sie hat blonde, kurze Haare und trägt einen Pony, der ihr ausgezeichnet steht. Ihre Sommersprossen lassen sie jugendlich wirken. Leider hat sie keinen äußerst freundlichen Gesichtsausdruck. Ich finde es schade, dass Menschen es nicht erwidern, wenn ich grüße. Es kostet so wenig Energie und Zeit, ein «Hallo» zu sagen. Aber ich habe eins gelernt: Menschen können sich dir gegenüber nur so verhalten, wie sie sich innerlich fühlen. Seit dieser Erkenntnis nehme ich sowas nicht mehr zu persönlich.

Die nette Dame händigt mir meine Schlüssel aus und ich begebe mich auf die Suche nach meiner Zimmernummer. Ich habe Glück, dass es noch nicht zu spät für das Abendessen ist, die Speisen sind sicher köstlich.

Mein Zimmer ist eher schlicht, wie man es bei einem *Ashram* erwartet. Neben meinem Bett steht ein kleiner, einfacher Holztisch mit zwei Stühlen. Auf dem Tisch steht ein Bild mit dem *Ohm*-Zeichen in meinen Lieblingsfarben gelb, orange und rot. Es gibt sogar einen kleinen Balkon, von dem ich sicherlich eine wunderbare Aussicht auf die Berge habe, wenn es wieder hell ist.

Ich ziehe mir bequemere Kleidung an und mache mich auf den Weg zum Speiseraum. Schon als ich die Tür öffne, steigt mir ein leckerer Duft in die Nase. Es ist fast niemand mehr da. Sonntags gilt hier eine besondere Regel; absolutes Schweigen. Selbst für mich ein wenig befremdlich, auch wenn mir das bereits bekannt ist. Man sitzt am Tisch voller Menschen, blickt sich kurz in die Augen und guckt verlegen wieder weg, weil man nicht weiß, wie man sich verhalten soll.

Dennoch freue ich mich schon auf die gute Küche. Da ich selten vegan koche, bin ich immer wieder erstaunt, was für leckere Speisen man zubereiten kann. Heute gibt es ein Salatbuffet und Suppe als Vorspeise. Ich entscheide mich gleich für das Hauptgericht Naturreis mit einer veganen Currysoße und gekochtem Gemüse. Ich entdecke ein ungestörtes Plätzchen und mache es mir an einem kleinen Tisch gemütlich. Die blonde Frau läuft an mir vorbei; sie wirkt in sich gekehrt und zurückhaltend. Es ist, als scheint es ihr unangenehm zu sein, sich am Buffet zu bedienen. Unsere Blicke treffen sich erneut; doch sie schaut sofort wieder weg. Es herrscht eine seltsame Atmosphäre zwischen uns.

# KAPITEL 9

## MARTIN

Ich bereue es seit der ersten Sekunde, hierhergekommen zu sein. Von diesem Kauderwelsch, das hier gesprochen wird, verstehe ich fast kein Wort; was mir echt auf die Eier geht. Also wenn Sonja nicht zu schätzen weiß, was ich für sie alles über mich ergehen lasse, bin ich sauer. Im Gasthaus liegt der Altersdurchschnitt bei mindestens fünfzig. Die Menükarte ist wohl seit Eröffnung nicht mehr geändert worden; total abgenutzt und fleckig. Ich nehme den Wurst-Käse-Salat mit Pommes. Mal schauen, was mich erwartet.

«Grüezi», sagt ein uralter Herr zu mir. Vom Aussehen her schaut er aus wie hundert.

«Servus.»

«Was darfs sii?»

Er hat richtige Hängebacken; könnte glatt der Bruder von der Merkel sein.

«Ein Bier und den Wurst-Käse-Salat mit Pommes.» Er notiert sich alles mit zittrigen Händen auf einen Zettel.

«Eini Stange?»

«Was?»

«Bier in einem Glas», antwortet er endlich mal in einem richtigen Deutsch.

«Ja, das passt.»

Als er mir meine Bestellung bringt, hab' ich Schiss, dass er alles fallen lässt.

«Woher chömed Sie?»

«Deutschland, Ravensburg.»

«Und was wänds da in Wallis?»

Boah, auf so 'nen Pseudo-Smalltalk hab' ich gar keinen Bock.

«Bin zu Besuch hier», antworte ich kurz und knapp.

Der Alte schaut mich komisch an und ich höre nur ein seltsames Grummeln, als er wieder weggeht. Mega unfreundlich, die Leute hier.

Der Appetit ist mir in der Zwischenzeit auch vergangen.

Bei jedem Bissen fühle ich mich von allen Seiten beobachtet. Nur Greise, die mich anstarren. Hier könnte man *The Walking Dead* auch ohne verkleidete Schauspieler drehen. Zwei Männer schauen zu mir, gucken dann sich an, blicken wieder zu mir und grinsen hinterfotzig. An einem anderen Tisch kichern sie und lachen dann noch lauter. Was für 'ne kranke Scheiße geht hier eigentlich ab? Das Gelächter um mich herum wird immer lauter und das Starren intensiver.

Als der Alte an mir vorbeiläuft, rufe ich ein «Hey, Sie!» und er wirkt genervt.

«Ja, bitte de Herr?»

«Was ist hier los?»

«Bitte? Was meined Sie?» Er schaut mich mit einer hochgezogenen Augenbraue an.

«Ich möchte wissen, warum ich in Ihrem Gasthaus ausgelacht werde!»

Er schaut sich um, als wüsste er nicht, wovon ich spreche, und zuckt mit seinen Achseln. «Es tuet mer leid, ich weiß nöd was Sie meined.»

Dieser Saftladen will mich doch verarschen! Die wollen nicht, dass ich als Deutscher hier sitze. Aber ich lass mich nicht vertreiben, so läuft das sicher nicht. Diese Schote könnt ihr mit jemand anderem abziehen, aber nicht mit mir.

«Sie wollen mir nicht ernsthaft sagen, dass Sie nicht wissen, was ich meine?» Mir platzt der Kragen.

Der Alte beugt sich in meine Richtung und flüstert: «Wünsched Sie d'Rechnig? Ich glaub es wär' besser, wenn Sie gönd.»

# RAPHAEL

«Fester!», schreit Toni.

«Ich kann nicht!»

«Doch! Da geht noch mehr!»

Ich schlage mit voller Wucht zu. «Ahhh!»

«Sei keine Pussy!», sagt er.

«Ich würde nicht schreien, wenn es nicht weh tun würde!»

«Hey, ich bin hier, um dich anzuspornen und nicht um dir übers Köpfchen zu streicheln. Dafür hast du deine beste Freundin.»

Mit *full power* hole ich aus und schlage auf den Boxsack, so fest ich kann. Ich glaube, meine Hände bluten.

«Yeah, Rapha! Das war ein super Punch.» Toni klopft auf meine Schulter.

Ich bin nur noch am Schwitzen und Schnaufen. Ich spüre meinen Herzschlag bis in meinen Schädel; es fühlt sich an, als würde mein Kopf gleich explodieren.

«Alles okay?»

«Was sollte denn schon wieder nicht okay sein? Warum stellen mir immer alle diese Frage?» Ich kann es nicht mehr hören.

«Wow! Dir scheint heute wohl eine Laus über die Leber gelaufen zu sein. Miese Stimmung mit Sonja?»

«Ich will ihren Namen nicht mehr hören», zische ich und schlage beide Hände über den Kopf zusammen.

«Willst du meine ehrliche Meinung wissen?»

«Nicht wirklich», antworte ich.

«Ich sage sie dir aber trotzdem. Zwar habe ich Muskeln aus Stahl», dabei kneift er sich selbst in den Oberarm, «aber ich bin kein Eisklotz und merke, wenn es jemandem scheiße geht.»

«Alles andere wäre mir gerade lieber als so ein *psycho talk*, Toni.»

Ich brauche eine Zigarette und suche nach meiner Schachtel.

«Lass die Frau gehen.»

Meine Hände erstarren. «Was meinst du damit?»

«Du musst sie loslassen. Und das meine ich ernst. Du verbrennst dich nur an ihr.»

Ich habe genug von ungefragten Meinungen.

«Alles klar. Ich denke, wir sind für heute fertig, oder?» Während ich meine Sporttasche packe, berührt er meine Schulter und spricht mit leiser Stimme.

«Manchmal kann die Wahrheit wehtun. Aber lieber ein Ende mit Schrecken als ein Schrecken ohne Ende. Glaub mir. Ich weiß, wovon ich rede.»

«Wie stellst du dir das vor? Soll ich sie aus meinem Leben löschen, als hätte sie nie existiert?»

«Wenn das nötig ist, damit du loslassen kannst, dann ja.»

Ich habe noch nie darüber nachgedacht, wie es wäre, mit Sonja keinen Kontakt mehr zu haben.

«Bist du der *new coach for relationships,* oder was?»

«Aber sicher, der bin ich nebenberuflich.» Bei seinen Worten muss er schon fast selbst lachen.

«Hab' noch einen schönen Abend, Toni»

«Dir auch. Und denk über meine Worte nach.»

# LUDMILLA

Es ist das erste Mal, dass ich vegan esse und finde es eigentlich lecker. Selbst gekocht hätte ich das niemals, denn Eli und ich essen beide gerne Fleisch. So kenne ich es auch aus meiner Kindheit. Es war eher eine Ausnahme, wenn meine Mutter etwas Vegetarisches gekocht hat. Vielleicht bin ich deswegen neuen Dingen gegenüber immer skeptisch.

Der Speiseraum ist liebevoll eingerichtet. Auf meinem Tisch steht ein kleines Bonsaibäumchen. An der Wand hängt ein Poster mit einem komischen Zeichen, das aussieht wie die Zahl dreißig und dem Satz: *Man kann den Wert von Yoga nicht beschreiben, man muss ihn erfahren.*

Auf der anderen Seite sitzt die Frau von vorhin. Ob sie meine Yoga-Lehrerin sein wird? Sie scheint sich ihr Essen richtig schmecken zu lassen; nach jeder Gabel lehnt sie sich entspannt in ihren Stuhl zurück. Dabei schließt sie ihre Augen und kaut wie in Zeitlupe. Ich beneide sie darum, so tiefenentspannt zu sein. Meistens schlinge ich mein Essen eher runter, sonst habe ich für andere Dinge keine Zeit mehr. Es ist wie ein innerer Druck, immer schnell mit allem fertig sein zu müssen.

Mein Handy vibriert. Es ist totenstill um mich herum, da fällt sogar dieses leise Geräusch auf. Ich werde nervös und fühle mich deswegen schlecht. Als ich auf das Display schaue, sehe ich die Nummer vom Krankenhaus. Blitzartig bekomme ich Schweißausbrüche und verlasse den Raum. Ich habe meine Jacke nicht dabei, auch wenn es draußen sicherlich Minusgrade hat.

«Gvojic, hallo?»

«Frau Gv…ic, hier spr…t Dr. Leh… aus … Elisabe… ranken…haus.»

«Hallo? Ich habe schlechten Empfang. Sind Sie noch da?»

«Frau Gvo… geht um … Tochter.»

«Eli! Was ist mit ihr?»

Oh Gott, ich habe Angst. Wenn mich das Krankenhaus sogar schon anruft, gehe ich vom Schlimmsten aus.

«Es … weit gut. I… nur sagen … wir vorhin … stärkere

Aktivitä...» Dann höre ich nichts mehr, nur noch ein Rauschen. Ich brauche eine bessere Verbindung und laufe in irgendeine Richtung. Laut den Balken auf meinem Handy müsste ich vollen Empfang haben. Warum wurde dann der Anruf unterbrochen? Ich rufe die Nummer zurück, nach dreimal Klingeln nimmt eine Frauenstimme den Hörer ab.

«Hallo, hier ist Ludmilla Gvojic. Ich ... habe gerade mit einem Arzt über meine Tochter Elisa Gvojic gesprochen.»

Am anderen Ende ist es zunächst still.

«Hallo? Sind ... Sie noch dran?», frage ich nach.

«Guten Abend. Sie sprechen mit Frau Woiczek und sind beim Empfang vom Elisabethenkrankenhaus gelandet. Sie meinten, Sie hätten mit einem Arzt gesprochen?»

«Ja, ein Dr. Leh..., irgendwas. Ich habe den Namen leider nicht verstanden. Er wollte mir etwas über meine Tochter mitteilen.»

«Mh, das ist merkwürdig.» Auf der anderen Seite höre ich Papiere rascheln. «Normalerweise rufen unsere Ärzte nie direkt bei Patienten oder deren Familienangehörigen an. Wann, sagen Sie, hätten Sie mit ihm telefoniert?»

«Gerade eben. Vor nicht mal einer Minute.»

«Wie gesagt, es ist ungewöhnlich. Sind Sie sicher, dass es ein Arzt war? Denn über Ihre gewählte Nummer landen Sie direkt am Empfang. Und da ich heute allein im Dienst bin, kann es niemand anderes gewesen sein.»

«Ich ... bin mir sicher, dass es ein Mann gewesen ist. Er hat sich als Doktor vorgestellt. Können Sie mir sagen ... ob es meiner Tochter gut geht?» Mir steigen Tränen in die Augen.

«Gvojic, sagten Sie? Vorname Elisa?»

«Ja.»

«Also, bei der heutigen Visite wurde nichts vermerkt. Es scheint alles beim Alten zu sein.»

Alles beim Alten; ich weiß nicht, ob ich das gut oder schlecht finden soll.

«Vielen Dank ...», sage ich und lege auf.

Erst jetzt wird mir bewusst, dass es während des zweiten Telefonats keinerlei Störungen gab.

# SONJA

Ein lautes Geräusch weckt mich. Schlagartig reiße ich die Augenlider auf und realisiere, dass ich nicht in meinem Bett liege. Um mich herum ist es totenstill; schon wieder dieser fürchterliche Schmerz in meinem Kopf. Was war das nur? Beim Verschließen meiner Augen sehe ich verzerrte und verschwommene Bilder – vermutlich habe ich geträumt. Vielleicht hat mein Unterbewusstsein etwas vom Unfall verarbeitet? Ich muss herausfinden, was das für ein Traum war. Konzentriere dich, Sonja!

Plötzlich erklingt der Ton meines Weckers und ich schreie vor Schreck. Hoffentlich war ich nicht zu laut. Ich bin in meinem Zimmer im *Ashram*. Immerhin ist die Umgebung nicht wildfremd; so wie damals im Krankenzimmer. Die Uhr zeigt sechs Uhr einunddreißig. Bald beginnt die Morgen-Meditation, die ich nicht verpassen möchte. Danach startet mein erstes Yoga-Programm.

Leicht belämmert krieche ich aus dem Bett und ziehe mir eine schwarze Leggins sowie ein Shirt mit einer Frau in einer Meditationspose an. Nun kann ich mich an gar nichts mehr erinnern, die Bilder sind regelrecht ausgelöscht. Ich habe das Gefühl, dass ich wie ein Zombie durch die Gänge schleiche; mein Kopf immer noch halb verschlafen mit so vielen unbeantworteten Fragen.

Im Speiseraum stehen schon einige Frauen am Heißwasserspender Schlange. Es gibt ein reichliches Angebot an Teesorten; besonders von *Yogi Tea*. Alle wünschen einen wunderschönen «Guten Morgen» und tragen ein Lächeln im Gesicht. Die Leute hier sind liebevoll und herzlich zueinander.

Die Rezeptionistin läuft mir entgegen.

«Namaste, liebe Sonja. Ich hoffe, du hast gut geschlafen.»

«Namaste. Ich habe gut geschlafen, vielen Dank der Nachfrage», sage ich und fühle mich ungut, dass ich ihren Namen nicht kenne. Doch ehe ich fragen konnte, ist sie schon wieder aus meinem Blickfeld verschwunden.

Der Ort der Meditation ist im Raum *Shiva*. Es gefällt mir, dass jede Räumlichkeit nach einer Gottheit benannt wurde.

Mit meiner warmen Teetasse laufe ich gemütlich durch den Flur und erkenne von weitem eine Person, welche unübersehbar ist. Der mindestens ein Meter neunzig große Mann mit einer drahtigen Statur und kahlrasiertem Kopf hält eine Klangschale in seinen Händen. Seine Kleidung ist besonders auffällig; er trägt eine orangefarbene Kutte, wie die *Kesa* eines buddhistischen Mönches. Er verzieht keine Miene, als wir näher aufeinander zulaufen. Während ich Blickkontakt zu ihm suche, scheint er mich nicht anzusehen. Es ist, als würde er durch mich hindurchsehen. Die Aura, die ihn umgibt, hat etwas Mystisches.

Es wird leise, als ob sämtliche Geräusche aus der Umgebung abrupt abgestellt wurden. Auf einmal höre ich eine Stimme, die klar und deutlich: «Komm näher» flüstert. Sofort drehe ich mich zu dem Mann um, doch er ist bereits einige Meter von mir entfernt. Wie eine Statue bleibe ich stehen und möchte ihm hinterherrufen, warum er das zu mir gesagt hat. Doch ich bekomme keinen Ton heraus. Meine Lippen wollen sich nicht bewegen; ich fühle mich wie fremdgesteuert.

Erst, als er ganz aus meinem Sichtfeld verschwunden ist, bin ich wieder in der Lage, meine Gliedmaßen zu bewegen. Ich blicke auf die Uhr, die Meditation beginnt in wenigen Minuten. Rasch laufe ich in den Raum, nehme mir ein Kissen und eine Decke, die schön geordnet in einem Regal liegen, und setze mich zu den anderen auf den Boden. Langsam realisiere ich, was gerade passiert ist. Was war das für eine bizarre Begegnung?

# KAPITEL 10

## MARTIN

Von mir aus kann das ganze Dorf verrecken; ich bin so sauer, dass ich am liebsten die Hütte abfackeln würde. Ihre Gesichter würde ich gerne sehen, wenn ich dann derjenige wäre, der sie auslacht, während alle elendig im Feuer verbrennen. Ein halbes Vermögen hab' ich für den Fraß liegen gelassen; das Bier hat wie 'ne Plörre geschmeckt. Für so 'nen verhunzten Abend auch noch von Hinterwäldlern ausgelacht zu werden, ist einfach die Höhe.

Die Suche nach irgendeiner Kneipe mit etwas Gescheitem zum Trinken erweist sich als fast unmöglich. Zum Glück hab' ich vorausgeplant. Als ob ich es geahnt hätte, hab' ich mir vorsorglich ein paar Flaschen Bier eingepackt. Ohne Alkohol hält man das hier keinen Tag aus.

Ich stecke den Schlüssel in das Türschloss meines Zimmers und drehe ihn einmal ganz herum. Komisch, ich könnte schwören, ich hätte ihn beim Verlassen zweimal im Kreis bewegt. Wenn jemand mit mir wetten wollte, würde ich glatt 'nen Hunni daraufsetzen.

Die steinharte Matratze ist 'ne regelrechte Zumutung. Über meinem Bett hängt ein Bild, aber ich habe absolut kein Interesse an Kunst. Vor allem nicht an dieser, denn es zeigt ein schwarz-weißes Foto von Brig. Ich erkenne es nicht, aber unten rechts steht: *Reto Knechtli, Brig, 1967.* Hat sich sicherlich seit damals baulich auch nichts mehr verändert.

In meiner Wohnung ist absolut nichts an den Wänden. Bei Sonja sieht es ganz anders aus. In jedem Zimmer hängt da irgendwas rum; seien es Bilder, Spiegel oder irgendwelche komischen Blumentöpfe. Wer zum Geier hängt sich denn bitte Blumentöpfe an die Wand oder an die Decke?

Ich muss zugeben, dass selbst das wärmste deutsche Bier besser schmeckt als jedes andere aus der Schweiz. Ich hole mein iPhone aus der Hosentasche und schaue nach, ob Sonja in der Zwischenzeit geschrieben hat. Minutenlang beobachte ich die Aktivität in unserem Chat, doch sie ist nicht online. Um mich von dem scheiß Abend etwas abzulenken, schaue ich mir einige Videos auf *TikTok* an.

Bei einem bleibe ich hängen; ein junges Mädel erzählt irgendwas über «Gaslighting». Was soll das schon wieder sein? Mir geht es so richtig auf den Sack, wenn man immer alles auf Englisch sagen muss. Als ob es kein deutsches Wort dafür gibt. Als ich Google frage, spuckt die Suche eine Definition aus: *Durch Lügen, Verdrehungen oder Unterstellungen versucht man bewusst, die Selbstwahrnehmung des anderen zu erschüttern. Gaslighting ist eine gezielte Manipulationstechnik.*

Kurz denke ich darüber nach. Manipulation ist so ein negatives Wort, es ist doch nur eine Überzeugungsmethode und das muss ja nichts Schlechtes sein.

Ich bin hundemüde, hau den letzten Schluck Bier weg und entscheide mich dazu, jetzt schon pennen zu gehen. Morgen will ich fit sein, wenn ich Sonja in ihrem Yoga-Camp überrasche. Ich sehe sie schon genau vor mir: Erst wird sie total überwältigt sein, dann wird sie über ihr ganzes Gesicht grinsen und mir vor lauter Freude in die Arme fallen. Also, wenn das nicht ein Liebesbeweis ist, dann weiß ich auch nicht.

Ich gähne laut; pissen muss ich auch. Das Badezimmer liegt gegenüber von meinem Bett. Die Tür ist sehr schmal, nichts für große Leute wie mich. Wo ist der Lichtschalter? Ich suche auf beiden Seiten, sowohl von innen als auch von außen. Im Bad sehe ich nur Umrisse eines Spiegels und bleibe wie erstarrt stehen. Hab' ich gerade eben Buchstaben in der Reflexion gesehen?

Endlich finde ich den verdammten Schalter und könnte schwören, dass ich an der Stelle bereits gesucht hab'. In der Helligkeit sehe ich nur das Bild, welches von hinten gespiegelt wird. Da waren ganz sicher Wörter im Spiegel. Spielt mir mein Hirn 'nen Streich? Ich drücke nochmals auf den Schalter, doch auch im Dunkeln kann ich nichts erkennen.

Ich glaube es ist höchste Zeit für ein langes Nickerchen. Morgen sieht die Welt hoffentlich wieder anders aus.

## RAPHAEL

«Willst du noch was?», höre ich in meinem Ohr.

«Klar», antworte ich.

«Dann bring ich dir ein Wasser.»

«Wasser? Das kannst du selbst trinken!»

«Ey, Kollege. Ich schenke niemanden Alkohol aus, der auf dem Tisch einschläft. Sag, kommst du nach Hause?»

Mir ist schwindlig und ich sehe den Barkeeper nur verschwommen.

«Das lass … mal mein Problem sein.»

Ich merke selbst, dass ich etwas lalle.

«Ich ruf dir jetzt ein Taxi. Wo wohnste?»

«Nein … ich will noch nicht heim», protestiere ich und lege meinen Kopf wieder in meine Hände.

«Ich komme gleich wieder.»

Ich fühle mich schlecht. Liebe schlägt auf den Magen, heißt es doch so schön – welch Ironie. Könnte aber auch sein, dass ich zu wenig gegessen habe. Meine Mutter würde wieder mit mir schimpfen. Ich höre sie schon, wie sie sagt: «Mein Schatz, du musst mehr essen. Vor allem jetzt, wenn du so viel Sport machst.» Oder Sonja, die mich immer ermahnt, dass ich weniger trinken soll. Schon wieder denke ich an sie. Wie konnte meine Maske verrutschen?

All die Jahre habe ich mein wahres Gesicht dahinter so gut verborgen. Ich war immer der fürsorgliche und liebe Freund. Dabei gab es so viele Momente, in denen ich mir wünschte, ihre Wangen, den Hals, ihr Schlüsselbein und die Brust zärtlich zu liebkosen. Ich wollte nichts sehnlicher, als sie zu berühren und sie zu streicheln, Sonja nicht nur bei der Begrüßung zu umarmen, sondern sie richtig lange und fest in meinen Armen zu halten; innig und zärtlich. Als wir noch Kinder waren, standen wir uns näher als heute. Sie hat immer so gut nach Blumen gerochen. Einmal haben wir auf einer Picknickdecke auf der Wiese nebeneinander gelegen und haben Händchen gehalten; es war so schön.

Ich bin so froh, dass ihr nichts Schlimmeres passiert ist. Der Unfall hätte auch böse enden können. Nein, ich will nicht mehr an sie denken müssen. Ich will, dass diese Gedanken aus meinem Kopf verschwinden. Jemand stupst mich an. Langsam hebe ich den Blick.

«Komm, auf geht's! Wir bringen dich jetzt nach Hause.»

«Noch einen Drink.»

«Ey, mach hier jetzt bitte keinen Aufstand!» Er zieht mich am Arm nach oben. «Das Taxi kommt gleich.»

Ich will nicht gehen, bitte werft mich nicht raus! Warum wird mir immer das verwehrt, was ich mir wünsche?

«Ich … muss noch bezahlen.»

«Schon gut. Das geht aufs Haus.»

Hauptsache ich verschwinde, schon kapiert.

«Bekommst du den Rest allein hin?» Der Kellner schaut mich mitleidig an.

«Ja, ja … geht schon.»

«Komm gut nach Hause». Er öffnet mir sogar die Autotür.

Der Taxifahrer hat eine dunkle Hautfarbe. Ich vermute er kommt aus Indien.

«Wohin Sie möchten?», fragt er mit starkem Akzent.

Gute Frage. Überallhin, nur nicht nach Hause. Ich überlege kurz und sage ihm einen Straßennamen.

«Ah, diese Straße, ich kenne sehr gut!», sagt der Inder.

Ich sinke auf dem Rücksitz ein und mein Verstand wird langsam klarer. Schon wieder taucht ihr Gesicht in meinem Kopf auf. Nein, das soll aufhören! Ich will das nicht. Wir werden niemals zusammen sein; das weiß ich. Ich muss auf Toni hören und mich von ihr fernhalten. Sie muss aus meinen Gedanken verschwinden. Es wird nie mehr so wie es vorher war. Und das nur, weil ich mich nicht mehr kontrollieren konnte.

«So, wir sind da.»

«Was … bekommen Sie?», frage ich und hole meinen Geldbeutel raus.

«Siebenundzwanzig Euro sechzig.»

Ich runde auf und gebe ihm die letzten Scheine, die ich in bar habe.

«Ich wünsche ein gutes Nacht.»

«Danke, ebenso.»

Durch die zugezogenen Vorhänge brennen noch Lichter. Zum Glück bin ich nicht zu spät. Die Buchstaben auf den Namensschildern sind verschwommen, ich brauche ein bisschen, bis ich das richtige finde. Ah, das könnte es sein. Vorsichtig drücke ich drauf. Der Schmerz in meiner Brust wird immer größer; heute ist er besonders stark und penetrant. Ich brauche Ablenkung, und zwar sofort. Eine stark geschminkte Dame öffnet mir die Tür. Mit ihrer blonden Dauerwelle sieht sie wie ein Paradiesvogel aus. Ihre Hüften sind etwas schwabbelig und vom Alter schätze ich sie auf Mitte fünfzig; eher nicht mein Typ Frau.

«Guten Abend, der Herr!» Sie begutachtet mich von oben bis unten. «Kommen Sie doch herein.»

# LUDMILLA

Ich bereite mich mental auf meine erste Yoga-Stunde vor und hoffe, dass ich mithalten kann. Der Sport kam in den letzten Monaten viel zu kurz. Laut Wochenplan findet die Stunde im *Ganesha*-Raum statt, der Name klingt lustig.

Ich bin schon etwas aufgeregt. Frau Müller würde mir raten, mich überraschen zu lassen. Man muss nicht immer auf alles hundertprozentig vorbereitet sein. Das ist einfacher gesagt als getan. Ich habe gerne eine grobe Vorstellung und Ahnung von dem, was auf mich zukommt. Eigentlich mag ich nichts weniger als Überraschungen.

Als ich den Yoga-Raum betrete, nehme ich einen angenehmen Duft wahr. Es ist eine Mischung aus Orangen und noch etwas, was ich nicht zuordnen kann. Durch die große Fensterfront kann man auf die schneebedeckten Wiesen und Berge schauen. Die Teilnehmer liegen bereits mit einer weißen Decke umhüllt auf dem Boden; alle Augen sind geschlossen. Wenn man sie betrachtet, schauen sie aus wie Mumien. Je länger ich sie anschaue, desto gruseliger wird es. Man sieht auch nicht, wie sich die Decke hebt und ob sie atmen; sie könnten tot sein.

Weil ich nicht weiß, warum die Teilnehmer das tun, mache ich es ihnen einfach nach und lege mich still und leise auf meine Matte. Es ist kalt und ich friere ein bisschen. Mit dem Laken umhülle ich mich noch etwas besser und schließe die Augen. Was passiert nun? Vielleicht ist das wieder eine Art Meditation? Tagsüber nur dazuliegen und nichts zu tun; ich kann mich nicht erinnern, wann ich das zuletzt gemacht habe. Nicht irgendwohin fahren zu müssen, zu arbeiten, einzukaufen, aufzuräumen oder zu putzen.

Ich bin so in meinen eigenen Gedanken versunken, dass ich bei einem Gong Schlag zusammenzucke. Insgesamt dreimal ertönt er und ich öffne wieder meine Augen.

«Du darfst ganz langsam aus deinem *Shavasana* zurückkommen und dich wieder bewegen. Wenn du so weit bist, richte dich bitte auf und komm in den Lotussitz.»

Von allen Seiten bewegt sich etwas. Ich setze mich – so wie

die anderen – in einen Schneidersitz und sehe die Frau vom ersten Tag. Sie lächelt in die Runde und begrüßt uns mit gefalteten Händen und einer Verbeugung.

«Namaste, ihr Lieben.»

Es ist, als würde sie jeden von uns einmal einzeln ins Gesicht schauen.

«Ich freue mich, euch heute hier willkommen zu heißen. Mein Name ist Sonja und ich komme aus dem wunderschönen Süden von Deutschland. Ich habe meine Yoga-Ausbildung vor sechs Jahren in Indien absolviert und dort für ein weiteres Jahr vor allem *Hatha*-Yoga praktiziert. Das Wort *Hatha* setzt sich aus dem Wort *Ha*, der Sonne und *Tha*, dem Mond zusammen. Dabei werden die beiden entgegengesetzten Energien miteinander verbunden. Heute werden wir gemeinsam die einzelnen Übungen, also die *Asanas,* in einem *Vinyasa*-Flow zusammenfügen. Dabei werden wir bei jeder Ein- und bei jeder Ausatmung eine Bewegung ausführen. Insgesamt ist es wichtig, dass ihr bei allen *Asanas* immer bei euch bleibt. Es ist unwichtig, was euer Nachbar tut. Jeder hat seinen eigenen Körper und ist auf einem anderen Level und das ist auch gut so. Bleibt bei euch im Hier und Jetzt. Versucht, möglichst nicht zu bewerten, sondern nehmt alles so an, wie es kommt.»

Ich frage mich, woher genau sie aus Süddeutschland kommt. Ihre Worte sind interessant. Nun bin ich tatsächlich neugierig, was mich erwartet.

# SONJA

Ich fühle mich herzerfrischt und die Atmosphäre im Raum mit allen Teilnehmern ist fantastisch. Ich beginne mit einer fünfminütigen geführten Meditation. Dabei lese ich gerne eine Gedankenreise durch die Natur vor; heute sind wir an einem Bach und spüren das fließende Wasser an unseren Füßen. Als Nächstes folgt das *Pranayama*; eine Atemübung, um das Nervensystem zu beruhigen. Ich habe den Eindruck, dass mir die meisten ganz gut folgen können. Nun leite ich in den praktischen Teil des *Vinyasa*-Yogas über.

Gerade, als ich starten möchte, öffnet sich die Tür. Mir stockt kurz der Atem, als ich den Mönch erkenne, dem ich heute Morgen auf dem Flur begegnet bin. Plötzlich wird es eiskalt; ich bekomme Gänsehaut. Er nimmt sich eine Matte und platziert sich in der hintersten Reihe. Wieder kommt es mir so vor, als würde er mir nicht anschauen, sondern durch meinen Körper hindurch. Ich vergewissere mich, dass niemand hinter mir ist – außer einer *Ganesha*-Figur sehe ich nichts. Dieser Mann bringt mich völlig aus dem Konzept. Alle schauen gespannt zu mir und warten darauf, dass ich die Stunde weiterleite. Stattdessen stehe ich nur da und bringe keinen Ton heraus. Auf einmal überkommt mich ein stechender Kopfschmerz, der so stark ist, dass ich zu Boden sinke.

«Ist alles in Ordnung?», fragt eine Teilnehmerin.

Es kommt kein Wort aus mir heraus. Ich versuche meinen Mund zu bewegen, doch ich kann es nicht.

«Können wir etwas tun?», höre ich jemand anderen.

Die Schmerzen werden stärker. Ich sehe Bilder vor meinen Augen: Dunkelheit, Straße, Bäume, Wald. Nur kurze Impulse, die so schnell wieder verschwinden, wie sie gekommen sind.

«Ich glaube, wir sollten Hilfe holen.»

«Nein, schon gut …» Ich schaffe es wieder zu sprechen. «Mir geht es gut, entschuldigt bitte.»

Ich bin wieder klar im Kopf und voll bewegungsfähig.

«Oh Gott, wir haben uns schon Sorgen gemacht.»

«Das wollte ich nicht. Es tut mir leid. Wir können jetzt mit dem Praxisteil loslegen», sage ich und stehe wieder auf. Dabei bemerke ich, dass das Teelicht in der Ölduftlampe ausgegangen ist. Ich nehme das Feuerzeug und zünde es wieder an.

«Wir stehen alle auf und beginnen in der Berghaltung.»

Meine Beine sind noch etwas zittrig, aber es wird langsam besser. Auch sind die Kopfschmerzen mit einem Mal verschwunden. Als ich in die Runde blicke, fällt mir auf, dass der Mönch nicht mehr anwesend ist. Wer ist dieser Mann? Das alles kann doch kein Zufall sein. Vielleicht ist er der Schlüssel zu meinen Erinnerungen?

# KAPITEL 11

## LUDMILLA

Die Yoga-Lehrerin hat mir einen Riesenschreck eingejagt. Vor allem ihr Blick war unheimlich. Ich bin froh, dass sie sich wieder gefangen hat. In diesem Moment habe ich mich ein bisschen zu ihr verbunden gefühlt. Sie erinnerte mich an mich selbst; nämlich hilflos zu sein. Dieses *Shavasana* hat mir gut gefallen. Zu entspannen und sich bewusst auf den Körper zu konzentrieren. Mir war gar nicht klar, was man alles wahrnimmt, wenn man sich auf jede einzelne Stelle fokussiert.

Am Schluss hat Sonja noch eine Geschichte vorgelesen. Es ging um einen jungen Hirten, der einen Weisen aufsuchte, um das Geheimnis des Glücks zu lernen. Er erhielt den Auftrag, mit einem Löffel voller Öl den Palast zu besichtigen, ohne es zu verschütten. Während des Rundgangs nahm er seine Umgebung kaum wahr, da er sich zu stark auf den Löffel konzentrierte. All die Prächtigkeiten entdeckte der Mann erst beim zweiten Mal. Doch dann stellte er leider fest, dass die Flüssigkeit nicht mehr da war.

Sonja hat nach der Erzählung erklärt, dass eine Parabel meistens zwei Ebenen hat: Eine bildliche sowie eine übertragene. Wenn man darüber nachdenkt, soll der Leser zu einer Erkenntnis kommen. Ich denke, dass sie mich lehrt, einerseits auf jemanden Rücksicht zu nehmen, ohne gleichzeitig anderen nur gefallen zu wollen. Damit vernachlässige ich nämlich meine eigenen Bedürfnisse.

Eine Träne läuft mir die Wange herunter. Ich bin immer so sehr im Außen und vergesse mich selbst dabei; sei es in Beziehungen oder in Freundschaften. Immer will ich es allen recht machen. Wenn jemand eine Aktivität vorschlägt, bin ich diejenige, die zustimmt. Auch, wenn ich lieber etwas anderes machen würde. Ich traue mich fast nie zu sagen, was ich wirklich möchte, aus Angst, dass die Leute böse auf mich sind. Das war auch ein Grund, weshalb ich die Therapie bei Frau Müller begonnen habe. Doch in den ersten Stunden war es mir peinlich, über dieses Thema zu sprechen. Stattdessen habe ich nur irgendwelche Lappalien aus dem Alltag erzählt. Mich fremden Menschen zu öffnen und über meine wirklichen Ängste zu sprechen, fällt mir unglaublich schwer.

Erst jetzt wird mir bewusst, dass es wichtig ist, auf sich zu hören. Mir fließen noch mehr Tränen. Dabei bin ich gar nicht traurig, sondern vielmehr froh über diese Erkenntnis.

# SONJA

Völlig verwirrt von den Geschehnissen verrühre ich mit einem Löffel das Kartoffelpüree mit den Erbsen auf meinem Teller. Der Appetit ist mir vergangen. Mir schwirren so viele Dinge durch den Kopf, die ich mir nicht erklären kann.

«Hallo», sagt jemand hinter mir. Ich drehe mich um und sehe die Frau mit dem Pony. Ich grüße sie ebenfalls.

«Darf … ich mich hinsetzen?», fragt sie zaghaft.

«Natürlich», erwidere ich und deute auf den freien Stuhl mir gegenüber.

«Danke.»

Ich habe den Eindruck, dass es sie viel Mut gekostet hat, auf mich zuzugehen. Wir sitzen uns beide schweigend gegenüber. Anfangs war mir die Stille nicht unangenehm, doch allmählich fühlt es sich unbehaglich an.

«Darf ich fragen, wie du heißt?» Ich versuche, ihr etwas näher zu kommen.

«Ludmilla.»

«Ein sehr schöner Name.»

«Danke. Und … geht es dir besser?» Sie sieht mich etwas traurig an.

«Ja, es ist wieder alles gut, danke. Aber insgesamt ist bei mir der Wurm drin, denn ich habe mein Gedächtnis verloren.»

«Oh, das … klingt nicht gut.»

«Nein. Deshalb bin ich hier und habe die Hoffnung, dass ich meine Erinnerungen wiederfinde.»

«Mh, das … wünsche ich dir sehr.»

«Und weshalb bist du hier?»

Ich bereue die Frage sofort. Ludmilla hört abrupt auf zu kauen; ich sehe, wie ihr eine Träne die Wange herunterkullert.

«Oh, das tut mir leid. Wenn du nicht darüber sprechen möchtest, verstehe ich das natürlich.»

Sie wirkt mental sowieso schon fragil und ich merke, dass es ihr nicht gutgeht.

«Meine Tochter …», sagt sie und starrt dabei den Tisch an, «… die Situation ist schwierig für mich.»

Ich sehe eine tiefe Angst in ihren Augen. Es ist, als hätten sich ihre Pupillen um das Doppelte vergrößert.

«Möchtest du über sie sprechen?»

Einerseits spüre ich ihre Furcht; andererseits ihren Wunsch nach Zuflucht. Vielleicht sucht sie jemanden, um sich zu öffnen?

«Ich mache gerade eine Therapie, aber bisher … hat es nicht so viel geholfen.»

Ihr Blick zu mir ist sehr eindringlich, sodass es mir schon unangenehm wird.

«Ist sie …»

«Nein, sie ist nicht tot», vollendet Ludmilla meinen Satz.

Ich bin erleichtert. «Wie heißt deine Tochter?»

«Elisa. Den Namen hat sich ihr leiblicher Vater für sie gewünscht.»

«Und wie alt ist Elisa?»

«In zwei Wochen wird sie sieben. Ich hoffe, dass wir ihren Geburtstag zusammen feiern können.»

«Ist sie denn … krank?» Ich bin so neugierig, dass ich mich nicht zurückhalten kann.

Ludmilla hört wieder auf zu kauen und hat erneut diesen starren Gesichtsausdruck.

«Nein», antwortet sie und es vergehen einige Sekunden. Ich wende meinen Blick von ihr ab. Plötzlich höre ich sie wieder sprechen: «Sie … liegt im Koma.»

# MARTIN

Die Nacht war der blanke Horror. Ich konnte keine Sekunde pennen. In der Bude ist etwas gewaltig faul. Mir gingen diese Buchstaben, die ich im Spiegel gesehen hab', nicht mehr aus meinem Schädel. Ich bin doch nicht verrückt, mir so etwas eingebildet zu haben!

Um den Tag zu überstehen, hau ich mir drei Kaffee schwarz rein und esse was vom Mini-Buffet zum Frühstück. Ich mache mir 'nen Plan, wie ich meine Sonja am besten überraschen kann. Einen genauen Tagesablauf konnte ich nicht in ihren Mails finden, doch gegen Abend wird sie sicherlich Freizeit haben. Gerne würde ich sie zum Essen ausführen. Sie hat sich immer darüber gefreut, wenn ich uns spontan einen Tisch reserviert habe. Am liebsten isst sie asiatisch. Meistens entscheidet sie sich für die exotischsten Gerichte auf der Karte und will immer etwas Neues, was sie noch nicht kennt. Ich bräuchte so 'nen Firlefanz nicht, aber was tut man nicht alles für seine Herzensdame?

So oft habe ich ihr schon meine Liebe bewiesen und doch ist es nie genug. Dabei ist sie die erste Frau, für die ich jemals so viel getan habe. Bevor ich Sonja traf, hat es mich nie gejuckt, was eine Frau gerne tut oder was ihre Ziele im Leben sind. Wie eine Frau riecht, schmeckt und nackt aussieht, das hat mich interessiert. Am reizvollsten war es, sie flachzulegen. Erst wenn ich sie rumbekommen hab', war ich zufrieden. Wollten die Weiber mit mir kuscheln, hab' ich sie abgewiesen und ihnen gesagt, dass ich nicht so der Kuschler-Typ wäre. Mich haben diese Frauen nicht mehr angeturnt und ich wäre am liebsten sofort nach dem Sex abgehauen. Aber ich bin ja kein Arschloch; deswegen hab' ich noch ein bisschen mit ihnen gequatscht, bevor ich das Weite gesucht hab'. Auf dem Weg ins Yoga-Haus und schreibe ich Sonja eine WhatsApp.

*Hey Schatz. Wie läuft's beim Yoga?*

Doch die Nachricht kommt nicht an; es bleibt bei einem Haken. Das stresst mich total. Ich weiß nicht, ob ihr Handy ausgeschaltet ist oder ob sie mich blockiert hat. Da sie kein Profilfoto eingestellt hat, kann ich es nicht beurteilen. Vielleicht dürfen die Yogis keine Handys benutzen – würde mich bei denen echt nicht wundern. Hier müsste es gleich sein. Von weitem erkenne ich schon eine komische Statue vor dem Haus. Ganz klar, das ist es.

Als ich das Gebäude betrete, schaut mich eine junge Frau skeptisch an. «Nawasti» oder irgendetwas in der Art faselt sie.

«Ja, hallo. Ich suche Sonja Teubert. Sie müsste hier sein.»

«Bist du hier bei uns zu Gast?»

«Nein. Garantiert nicht!» Ich kann mich vor Lachen kaum mehr halten. «Sie sind echt gut. Schaue ich etwa so aus?»

Die Frau mustert mich mit hochgezogenen Augenbraun.

«Sonja ist meine Freundin. Ich bin hier, um sie zu überraschen. Dafür bin ich extra in die Schweiz gekommen. Können Sie mir sagen, wo ich sie finde?»

«Ich glaube nicht, dass ich dazu etwas sagen darf. Wenn Sie mit ihr befreundet sind, können Sie direkt mit ihr Kontakt aufnehmen.»

Blitzbirne.

«Wollen Sie mir nun helfen, oder nicht? Ich dachte, ihr Yogis seid so hilfsbereit. Ist das nicht auch was mit Nächstenliebe und so?»

«Nun, auch wenn unsere Philosophie so ist, heißt das nicht, dass wir gegen sämtliche Datenschutzrichtlinien verstoßen.»

Mein Puls ist auf hundertachtzig. Ich schlage mit meiner Hand auf die Theke.

«Hören Sie, wir können das jetzt einfach oder kompliziert handhaben. Entweder Sie sagen mir, wo ich meine Freundin finde, oder ich marschiere eigenständig durchs Haus und suche sie. Was ist Ihnen lieber?»

«Lieber Herr, wenn das eine Drohung ist, möchte ich Sie bitten, jetzt zu gehen.» Sie steht auf und schaut mich böse an.

«Was, bitte, ist hier los?»

Diese Stimme kenne ich.

# RAPHAEL

«Wie kann ich dir behilflich sein, junger Mann?» Die Dame lächelt mich leicht verschmitzt an.

Ich bin nervös; so etwas habe ich noch nie gemacht. Es ist nicht so, dass ich noch nie darüber nachgedacht hätte, aber bislang war es reine Fantasie.

«Also, ich bin zum ersten Mal hier», antworte ich.

«Natürlich, wie die meisten», kichert sie.

Ich verkneife mir besser den Kommentar, dass es bei mir wirklich so ist; doch vermutlich wird sie das auch schon oft genug gehört haben.

«Du bist ein netter Bursche», sagt sie und mustert mich noch einmal von oben bis unten. «Das sieht man hier eher selten.»

Ich kann mich nicht erinnern, dass ich jemals ein Kompliment für mein Aussehen bekommen habe.

«Also, was genau hast du dir vorgestellt?» Sie wirft ihre Lockenpracht nach hinten.

Ich überlege, was ich hierauf antworten soll. Ich habe keine Ahnung, wie man hier etwas *bestellt.*

«Einfach … normal, denke ich.»

«Komm mal mit.» Sie nimmt meine Hand und schleift mich durch einen langen Flur. Links und rechts sind Türen, die blickdicht sind. «Roxanna wäre noch frei. Was meinst du?»

Am Eingang zum Zimmer klebt ein Ganzkörperfoto von ihr in Dessous. Sie schaut nicht schlecht aus, aber ist dennoch nicht mein Geschmack.

«Hm, eher nicht so», sage ich.

«Okay, ich sehe wir haben hier jemanden mit hohen Ansprüchen.» Sie zwinkert mir zu. «Wie wäre es mit Lorena? Entspricht sie eher deinen Vorstellungen?»

Sie ist eine Latina; wunderschön aber noch nicht die Richtige. Außerdem scheint sie schon ein fortgeschritteneres Alter zu haben.

«Gibt es hier eine schlanke Frau mit langen braunen Haaren?»

Die Dame kratzt sich am Kopf und überlegt.

«Hm, also ich hätte eine Frau, die klein, dafür zierlich ist. Ihre Haare sind lang bis zu den Hüften, aber schwarz. Ist das auch okay?»

«Vielleicht. Kann ich ein Foto sehen?»

«Hör zu, junger Mann, meine Zeit ist begrenzt. Willst du Josephina buchen oder nicht?» Sie stemmt ihre Hände gegen die Hüften.

«Ich muss sie erst sehen», entgegne ich trotzig.

«Josephina ist seit ein paar Tagen bei uns. Wir haben noch kein Foto von ihr gemacht. Aber lass uns mal bei ihr anklopfen.»

Die Dame ruft laut ihren Namen und hämmert dreimal an die Tür. Ich höre ein leises, aber klares «Ja?» als Antwort.

«Ich habe hier einen jungen Mann, der dich gerne kennenlernen möchte.»

Etwas raschelt auf der anderen Seite.

«Ich komme.»

Im nächsten Moment öffnet sich langsam die eingerostete Tür; wie ein Film in *slow motion.*

# KAPITEL 12

## SONJA

Ich traue meinen Augen nicht, als Martin vor mir steht; leider fällt er alles andere als positiv auf.

«Martin, was machst du hier?»

«Sonja, meine Liebe!» Er läuft mit offenen Armen auf mich zu. «Ich bin extra zu dir gefahren, um dich zu überraschen!»

Entsetzt und sprachlos zugleich sind die Worte, die meinen Gefühlzustand am besten beschreiben. Hat er mir etwa nachspioniert?

«Woher wusstest du, wo ich bin?», möchte ich wissen.

«Ist das gerade das Einzigste, was dich interessiert?»

«Das Einzi*ge*!»

«Ich habe dir schon tausendmal gesagt, dass es mir scheißegal ist, wie das richtig heißt.» Er rollt mit den Augen.

«Entschuldigung», sagt die Rezeptionistin und sofort schäme ich mich für den Aufruhr, den wir verursachen. «Ich möchte mich ungern einmischen, aber das hier ist vielleicht nicht der richtige Ort, um zu diskutieren. Wir wünschen uns Ruhe und Frieden.»

Frieden. Als ich dieses Wort höre, erkenne ich, dass es genau das ist, wonach ich mich mein Leben lang gesehnt habe.

«Es tut mir leid, du hast vollkommen recht», antworte ich.

Ich schaue Martin an und deute ihm, nach draußen zu gehen. Er zuckt mit den Achseln und hat sicherlich nicht verstanden, was das Problem ist.

«Martin …», ich ziehe ihn am Ärmel, «… wieso bist du hier?»

«Ruhig Blut, mein Schatz. Ich würde dich gerne küssen. Ich hab' dich so vermisst. Hast du denn nicht auch an mich gedacht?» Er kommt mir näher und ich gehe einen Schritt zur Seite.

«Ich kann dich jetzt nicht küssen.»

«Was soll das?» Er schaut mich irritiert an. «Ich hab' extra den weiten Weg auf mich genommen, um *dich* zu sehen. Ich hab' mir Zeit genommen, um *dich* besuchen zu kommen. Und du magst mich noch nicht einmal zur Begrüßung küssen?»

Das kann er gut, mir ein schlechtes Gewissen einreden. Wenn wir diese Unterhaltung noch vor ein paar Monaten geführt hätten, wäre ich spätestens jetzt wieder eingeknickt und hätte mich entschuldigt. Ich wäre auf ihn eingegangen und hätte ihm bestätigt, dass meine Art und Weise ihm gegenüber nicht wertschätzend genug war. Doch für was habe ich mich immer wieder entschuldigt? Ich habe nichts Falsches getan! Heute jedoch werde ich stärker sein. Er respektiert meine Grenzen nicht, die ich ihm gesetzt habe.

«Wieso lässt du mir nicht den Freiraum, den ich benötige? Ich habe dich nur um diese eine Woche gebeten.»

In dem Moment merke ich, dass er seine Aufmerksamkeit gar nicht mehr mir widmet, sondern jemand anderem.

«Hey! Wir kennen uns doch», sagt er.

Als ich mich umdrehe, bleibe ich wie erstarrt stehen. Hinter mir ist Ludmilla.

«Martin? Was … für ein Zufall?»

# MARTIN

Krass, wie klein die Welt ist. Gerade noch saßen wir gemeinsam im Auto und dann treffe ich sie hier.

«Sag bloß, du bist auch Mitglied bei den Yogis?», frage ich.

Ludmilla schaut etwas verunsichert.

«Ähm, wenn man das … so nennt?»

Sonja dreht sich wieder zu mir um und ich sehe, wie sich eine Zornesfalte auf ihrer Stirn bildet.

«Habe ich etwas nicht mitbekommen?» Sie schaut mich auffordernd an.

«Du weißt ja, meine Karre ist gerade in der Werkstatt. Ich wollte dich überraschen und da habe ich Ludmilla über eine Mitfahrgelegenheit kennengelernt.»

Plötzlich stößt Sonja einen Schrei aus und fällt auf die Knie.

«Sonja? Was ist mit dir?» Ich bücke mich und nehme sie in den Arm.

«Meine Kopfschmerzen sind wieder da.» Sie drückt ihre Hand gegen die Schläfe.

«Ich mache mir wirklich Sorgen um dich», sagt Ludmilla.

Sonja verstummt für eine kurze Zeit.

«Ich brauche jetzt etwas Zeit für mich», meint sie.

«Sollen wir nicht besser Hilfe holen?», frage ich.

«Ich habe immer wieder diese Kopfschmerzen. So schnell sie kommen, so schnell verschwinden sie auch wieder. Alles, was ich brauche, ist jetzt einfach nur meine Ruhe.»

«Ich kümmere mich um dich, mein Schatz», erwidere ich, doch sie weicht mir aus.

«Nein, heute wirklich nicht.»

Sonja steht langsam auf und läuft einfach weg. Ich bin wieder kurz davor, in die Luft zu gehen. Aber wenn ich jetzt nochmal etwas sage, dann dreht sie komplett am Rad. Sie hat sich verändert; ich erkenne sie kaum wieder. Ludmilla schaut mich irritiert an.

«Ich hoffe, ich … habe keine Probleme verursacht?»

«Ne, ich glaube nicht. Sonja kriegt sich schon wieder ein.»

«Sonja ist also deine Freundin?»

«Jup.»

Ich beobachte, wie Ludmilla ihr noch lange nachschaut, als sie schon irgendwo in einen Feldweg abgebogen ist.

«Sie schien sich nicht gerade gefreut zu haben.»

Diese Bemerkung versetzt mir einen Stich; meine Wut staut sich. «Ich versuche es nochmal an 'nem anderen Tag. Heute ist sie zickig. Vielleicht hat sie ihre Tage oder so.»

Sie sagt nichts.

«Aber hey, jetzt wo ich schon mal hier bin. Wollen wir beide nicht etwas zu Abendessen? Ich lade dich gerne ein. Auch nochmals als Dankeschön für die Fahrt.»

Sie guckt lange zu Boden, eher sie etwas sagt. «Ich … glaube nicht, dass das eine gute Idee ist. Ich sollte besser … wieder reingehen.»

Ohne mich eines Blickes zu würdigen, kehrt Ludmilla mir den Rücken zu.

# LUDMILLA

Ich möchte keinen Männern mehr begegnen, die alles begatten, was nicht bei drei auf den Bäumen ist. Wie kann er mich fragen, ob ich mit ihm zum Essen gehe, nachdem er mit seiner Freundin einen Streit hatte? Sonja tut mir leid, so einen Partner zu haben, der so von sich selbst überzeugt ist. Elis Vater war ähnlich; meine Mutter meinte, er sei ein Narzisst. Ich blicke auf mein Handy und sehe, dass ich eine SMS bekommen habe. Keiner meiner Bekannten schickt mir noch solche Nachrichten. Die Nummer ist mir unbekannt.

**Halte durch**

Ich muss eine Weile drauf schauen, um zu verstehen, was dasteht. *Halte durch*, jedoch spiegelverkehrt. Was soll das bedeuten? Ich bekomme schwitzige Hände. Und was ist das für eine Nummer? Kurz zögere ich und überlege, ob ich darauf antworten oder besser anrufen sollte. Ich telefoniere sehr ungerne. Wenn ich etwas in Textform verfasse, kann ich länger darüber nachdenken, wie ich mich ausdrücken möchte. Während Gesprächen muss ich spontan reagieren.

Nach meinem hin und her entscheide ich mich für den Anruf. Es klingelt einmal, ich höre eine Computerstimme: «Die von Ihnen gewählte Rufnummer ist leider nicht vergeben.» Sofort fällt mir dieser Arzt ein, den ich seit dem Anruf nicht mehr erreicht habe. Ich scrolle durch meine Liste mit gewählten Rufnummern und suche die richtige aus.

«Elisabethenkrankenhaus Ravensburg, Sie sprechen mit Herrn Peters, was kann ich für Sie tun?»

«Hallo, hier ist Ludmilla Gvojic. Ich möchte gerne wissen, wie es Elisa Gvojic geht.»

Es folgen sämtliche Fragen über meine persönlichen Daten, ehe ich Auskunft bekomme. Ich weiß, dass es zu deren Arbeit gehört, aber es nervt mich, wenn ich es eilig habe.

«Frau Gvojic, haben Sie Ihre Telefonnummer geändert?»

«Nein, wieso?»

«Wir hatten einige Male versucht, Sie anzurufen. Doch

vergebens.»

Wie bitte?

«Das … kann nicht sein. Ich habe vollen Empfang. Da kann etwas nicht stimmen.»

«Hm, ich sehe auf meinem Display, dass die Nummer dieselbe ist. Äußerst merkwürdig.»

Das kann man wohl sagen.

«Weshalb … haben Sie versucht, mich zu kontaktieren? Wie geht es meiner Tochter?»

«Ja, also Frau Gvojic. Der Arzt hat bei seiner täglichen Visite festgestellt, dass die Maschine einen anderen Herzrhythmusschlag als sonst aufgezeichnet hat. Es besteht wohl kein Grund zur Beunruhigung, jedoch handelt es sich höchstwahrscheinlich um eine Tachykardie.»

«Was? Ich … verstehe solche Begriffe nicht. Können Sie mir das bitte erklären?»

«Also, ich bin leider kein Mediziner. Das ist das, was ich aus der Akte lesen kann», antwortet er.

«Können Sie … dieses Wort wiederholen?» Ich muss es mir sofort aufschreiben, damit ich es nicht vergesse. Lange höre ich nichts mehr am anderen Ende der Leitung. «Hallo? Sind Sie noch dran?»

Dann erfolgt ein *tut tut* und unser Telefonat bricht ab. Das gibt es doch nicht! Sofort wähle ich die Rückruftaste. Es kommt ein *Belegt*-Zeichen. Egal, wie oft ich es versuche, es ist ständig besetzt.

# RAPHAEL

Endlich steht sie vor mir. Vermutlich hat Josephina asiatische Wurzeln und sieht genauso aus, wie von der Dame beschrieben: schwarze Haare, schlank, aber mit großen Brüsten. Nicht hundertprozentig mein Typ, aber von der bisherigen Auswahl noch die beste.

«Hallo junge Mann», sagt sie mit einem osteuropäischen Akzent.

«Hey», erwidere ich lächelnd.

«Möchtest du reinkommen?»

«Moment noch! Erst wird noch bezahlt, mein Lieber», mischt sich die ältere Dame ein. «Reichen dir dreißig Minuten?»

Wenn ich das wüsste. Es ist schon lange her, seitdem ich mit einer Frau intim gewesen bin. Ich meine, so *richtig* intim.

«Ich denke ja.»

«Wunderbar. Zahlst du bar oder mit Karte?»

Meine romantische Vorstellung verpufft augenblicklich, als sie mich wieder in die Realität zurückwirft.

«Ich warte auf dich.» Josephina scheint sich zu freuen. Das wird aufregend; hoffentlich verkack ich es nicht.

«Junger Mann, ich wollte noch auf etwas hinweisen, da Sie alkoholisiert sind.»

«Machen Sie sich keine Sorgen, mir geht es gut.» Meine einstudierte Floskel, die mittlerweile wie aus der Pistole geschossen kommt.

«Das hoffe ich auch. Da Sie zum ersten Mal hier sind, werde ich das Feedback von Josephina abwarten. Ich dulde hier keine Gewalt oder Demütigungen in jeglicher Form», erklärt sie und streckt dabei den Zeigefinger in die Luft, als würde sie mich belehren.

«Ich möchte nur ein bisschen Spaß. Ich mache Ihnen keinen Ärger, versprochen.»

«Also gut, dann viel Erfolg», wünscht mir die Kupplerin und lässt mich endlich in Ruhe.

«Danke», antworte ich und laufe den langen Flur zurück zu Josephinas Zimmer. Soll ich nochmal klopfen oder einfach reingehen? Bevor ich eine Entscheidung treffe, hat sie mir diese schon abgenommen.

«Komm rein.»

Wow! Auch wenn ich weiß, dass es nicht echt ist, spielt Josephina ihre Rolle sehr überzeugend. Sie nimmt mich an der Hand und zieht mich in ihr Zimmer. Ihr Körpergeruch raubt mir die Sinne. Das Bett ist mit einer blutroten Decke aus Satin überzogen. Vermutlich wird es nach jedem Besuch abgezogen und gewechselt, zumindest hoffe ich das. Eine Lichterkette schmückt die Wände; für eine romantische Stimmung wird vollumfänglich gesorgt. Tatsächlich wirkt das alles klischeehaft. Aber es fühlt sich gut an.

«Hast du besonderes Wunsch?», fragt sie mich und zieht ihren Bademantel mit Mohnblumen aus. Sie trägt schwarze Strapse und einen halbdurchsichtigen Spitzen-BH.

«Nein.»

Ich gehe zielgerichtet zu ihr und küsse sie. Josephina scheint überrascht zu sein und drückt meinen Körper weg.

«Küssen nicht machen in diese Etablissement!»

«Oh, entschuldige!» Ich schäme mich. Tatsächlich habe ich schon mal irgendwo gehört, dass Küssen unüblich ist. Es war aus reiner Gewohnheit. Sie lächelt etwas verlegen.

«Du sein eine sehr attraktive Mann. Wir können machen eine Ausnahme.» Sie nimmt ihre Hand hinter meinen Kopf und presst ihre Lippen gegen meine.

# KAPITEL 13

## SONJA

Diese Geschehnisse können doch kein Zufall sein. Erst Martin, der plötzlich auftaucht, die kuriosen Begegnungen mit dem Mönch und dann erfahre ich, dass sich Martin und Ludmilla auch noch kennen. Dass er schon immer gerne mit anderen Frauen geflirtet hat, weiß ich. Ich bin deswegen nie eifersüchtig gewesen, da ich sein Verhalten eher als Betteln um Bestätigung und Anerkennung statt als Fremdgehen gewertet habe. Aber Ludmilla hat er anders angeschaut als eine Kellnerin im Café oder eine Verkäuferin im Ladengeschäft. Im Gegensatz zu ihm war sie so, wie ich sie kennengelernt habe; distanziert und kühl.

Ich nehme einen tiefen Atemzug und begutachte die märchenhafte Landschaft. Der Schnee reflektiert so stark, dass die Nacht gar nicht mehr so dunkel wirkt. Die frische Luft ist vitalisierend; ich atme nochmals tief ein und aus und schließe meine Augen. Ich will versuchen, einen Entspannungszustand zu erreichen, um an meine Erinnerungen zu gelangen. Hoffentlich sehe ich erneut die Bilder, die ich während der Yoga-Stunde vor Augen hatte. Was genau ist am achtzehnten November passiert? Wieso bin ich im Krankenhaus aufgewacht? Was ist nach dem Streit mit Martin geschehen? Ich würde so gerne für all diese Fragen Antworten finden.

Ein Gezwitscher reißt mich aus meinen Gedanken. Dabei ist ein Vogel so nah an mir vorbeigeflogen, dass er fast meine Wange gestreift hätte. Der Kleine setzt sich auf eine Wiese und wühlt mit seinem Schnabel im Schnee; er sucht bestimmt nach Futter. Jedes Mal, wenn das Vögelchen wieder sein Köpfchen hebt, ist es, als möchte es etwas zu mir sagen. Mit einem Mal bekomme ich Gänsehaut und es läuft mir kalt den Rücken runter. Als würde jemand hinter mir stehen.

Ich drehe mich um und erkenne trotz der Dunkelheit seine Gestalt. Ihn umgibt sowohl eine vertrauenswürdige als auch reservierte Aura. Dieses Mal verfalle ich nicht in Schockstarre.

«Wer bist du?»

Endlich bekomme ich diese drei Wörter über meine Lippen, die ich dem Mönch schon die ganze Zeit sagen wollte. Es vergehen einige Sekunden, in denen wir uns gegenüberstehen und still anschauen. Keinerlei Emotionen sind aus dem Gesicht zu deuten; seine Mimik verrät nichts über ihn. Doch etwas ist dieses Mal anders: Zum ersten Mal haben wir beide direkten Blickkontakt. Wieso beantwortet er meine Frage nicht?

Irgendwann läuft er auf mich zu; ich rühre mich nicht vom Fleck. Der Mönch kommt immer näher, aber geht nur an mir vorbei. Er beugt sich zu dem kleinen Vogel, der immer noch nicht aufgegeben hat, nach Futter zu suchen. Dann öffnet er seine rechte Hand und streckt ihm diese hin. Das Tier beobachtet erstmal die neue Situation, ist vorsichtig. Mit kleinen Sprüngen kommt er immer näher. Die Hand des Mannes bleibt dabei ruhig und geduldig.

Schließlich siegt die Neugierde des Tieres, indem er auf einen seiner Finger springt und anfängt mit seinem Schnabel zu picken. Nach einer Weile fliegt das Vögelchen wieder davon. Der Mönch steht auf, hält kurz inne und geht die Straße zum *Ashram* zurück, ohne mich noch einmal anzuschauen. Es fühlt sich so an, als wäre ich gar nicht hier gewesen. Lange blicke ich ihm noch nach, ehe er im Dunkeln komplett verschwindet.

## MARTIN

Am liebsten würde ich mir dafür grad selbst eine reinhauen, dass ich geglaubt hab', Sonja würde sich freuen, mich zu sehen. Ihr Verhalten war unterste Schublade. Ich bin so was von sauer. Was soll ich denn noch alles für sie tun? Sie ist mein Leben, ich will keine andere Frau, außer sie. Klar, flirte ich gerne und stelle mir vor, wie der Sex mit anderen Frauen wäre. Aber ich tue es ja nicht; ich entscheide mich jeden Tag aufs Neue für sie. Dass sie meine Opfer absolut nicht wertschätzt, macht mich tierisch wütend.

Ich hab' in dem Kaff 'ne Kneipe gefunden, wo ich wenigstens etwas Gescheites zu trinken bekomme. Heute hab' ich Bock auf Wein, deswegen habe ich mir gleich 'ne ganze Flasche *Chianti* bestellt. Hab' mir den Preis auf der Karte gar nicht angeschaut; heute ist es mir das auf jeden Fall wert.

Der Kellner, dem die Bude hier wahrscheinlich auch gehört, macht sicherlich auch schon seit dreißig Jahren nichts anderes. Immer denselben Job; tagein, tagaus. Ich werde wahnsinnig, wenn ich mir vorstelle, bis zur Rente in meinem Büro mit den ganzen Vollidioten zu buckeln.

Zum Rotwein hab' ich noch ein paar Apéro-Snacks bekommen. Hier werde ich jedenfalls nicht wie Dreck behandelt, sondern wie ein Gast, so wie es sich gehört. Außer mir ist kein Schwein hier, wundert mich nicht unter der Woche. Den Wein trinke ich wie Wasser; Jesus wäre sicherlich stolz auf mich. Ich fühle mich schon leicht benebelt, der Alkohol kickt. Nachdem ich die Flasche innerhalb von 'ner halben Stunde geleert hab', runde ich die Rechnung großzügig auf und mache mich auf den Rückweg.

Morgen werde ich den letzten Versuch mit Sonja starten. Leicht schwankend laufe ich zum Gasthaus. Vor meiner Tür merke ich, dass etwas nicht stimmt. Auch dieses Mal muss ich den Schlüssel nur einmal drehen. Was geht denn hier schon wieder ab? Wieso verschaffen sich irgendwelche Leute Zugang zu meinem Zimmer? Ich suche in meiner Bestätigungsmail die Nummer vom Vermieter und rufe ihn sofort an. Es klingelt mehrere Male.

«Ja, hallo?»

«Servus. Ich hab' bei Ihnen ein Zimmer im Gasthaus gemietet und möchte mich beschweren.»

Lange höre ich nichts auf der anderen Seite, bis es raschelt.

«Wüssed Sie wie spat es isch? Isch öppis passiert?»

«Hören Sie, gestern schon hatte ich den Eindruck, als wäre jemand in meinem Zimmer gewesen. Die Tür war nicht so verschlossen, wie ich sie abgeschlossen habe. Und gerade eben dasselbe Spielchen wieder.»

Ich höre, wie der Mann gähnt. «Das tuet mer leid zghöre.»

Zumindest glaube ich den Sinn verstanden zu haben. Mit dieser Antwort ist mir null Komma null geholfen.

«Ich möchte nicht, dass jemand während meiner Abwesenheit mein Zimmer betritt. Können Sie sich das so notieren und weitergeben?»

«Isch guet. Ich wird de Reinigungschraft säge, dass Sie ihres Zimmer uselah söll.»

«Danke. Sicherlich können Sie mir hier preislich ein Stück weit entgegenkommen.»

Darauf antwortet er nichts, stattdessen höre ich nur: «Ich wünsche Ihne e erholsami Nacht.»

# LUDMILLA

Mein Nacken ist wieder verspannt. Der Schmerz tritt immer dann auf, wenn ich viel Stress habe. Ich war deswegen schon mal bei einem Osteopathen; der Orthopäde konnte mir nicht weiterhelfen. Er meinte, dass eine psychische und schwere Last auf meinen Schultern liegen würde. Klang für mich sehr esoterisch und habe es als Hokuspokus abgetan. Heute würde ich diese Wörter mehr gewichten und dem weiter nachgehen.

Eigentlich glaube ich generell nicht an so Paranormales. Aber was hier passiert, kann ich mir logisch nicht erklären. Vielleicht sollte ich doch besser wieder früher nach Hause fahren. Ich weiß es nicht. Am liebsten würde ich mit Frau Müller über die Vorfälle sprechen. Ich kann nicht beurteilen, ob sie eine gute Therapeutin ist. Doch ich denke, dass sie mir zumindest ein bisschen weiterhelfen könnte.

Meine Arbeitskollegin Babsi hat mich mal gefragt, ob ich Frau Müller gut finde und wie es mir nach den Terminen geht. Ich meinte, dass ich danach oft sehr aufgewühlt und erschöpft sei. Manchmal sitze ich minutenlang am Tisch und starre vor mich hin; ich bin wie paralysiert. Babsi findet, dass das ein gutes Zeichen ist, dann stellt sie wohl die richtigen Fragen.

Wärme ist bei Nackenschmerzen am besten. Ich könnte vielleicht ein Bad nehmen? Die Wanne ist zwar nicht riesig, aber ausreichend für mich. Bevor ich den Wasserhahn aufdrehe, sprühe ich alles mit einem Desinfektionsspray ein. Viele meinen, das wäre ein Tick von mir. Wenn ich fremde Haare in einer Badewanne sehe, ekelt es mich so sehr, dass ich nicht hineinsteigen kann. Während ich das Wasser einlaufen lasse, suche ich mir eine Playlist aus; instrumentale Musik scheint mir jetzt genau das richtige zu sein. Ich habe noch einige Tropfen eines ätherischen Öls dazugegeben, welches im Badezimmer steht. Hoffentlich darf man sich einfach bedienen. Rosengeranie; den Duft kannte ich noch nicht. Es riecht irgendwie anders als Rose, aber geht in eine ähnliche Richtung.

Ich lege mich in das gefüllte Becken und spüre die Wärme

am ganzen Körper. Das Wasser ist fast schon heiß; Dampf steigt mir ins Gesicht. Ich schließe sie und fahre komplett runter. Es wäre so schön, wenn Eli jetzt bei mir wäre. Wir haben oft zusammen gebadet. Es musste entweder das Quietsche-Entchen oder die Barbiepuppe mitkommen. Ich vermisse sie so sehr. Wieso musste das alles passieren? Wieso bin ich nicht bei ihr geblieben? Bin ich eine schlechte Mutter?

Schon wieder steigen Tränen in meine Augen. Ich erinnere mich zurück an den Tag, an dem sich von der einen auf die andere Sekunde alles verändert hat. Mir gegenüber saß meine Verabredung Giusi. Ich bin am Tisch fast weggeschmolzen, so sehr habe ich ihn angeschmachtet. Er trug ein schwarzes Hemd; es war so enganliegend, dass sich die Konturen seiner Oberarmmuskeln abgezeichnet haben. Wenn der Abend normal weiter verlaufen wäre und er mich gefragt hätte, ob ich noch mit zu ihm möchte, hätte ich zugestimmt. Für One-Night-Stands bin ich sonst zu ängstlich. Die Hälfte meiner Linguine Frutti di Mare war schon aufgegessen, als ich den Anruf von ihm bekam und er mir berichtete, was mit Eli geschehen ist.

Meine Muskeln sind so entspannt, dass ich gar nicht merke, wie tief mein Körper nach unten gesunken ist – die Nase gerade noch oberhalb des Wassers. Ich befinde mich wie in Trance, sodass sich meine Augenlider nur schwer öffnen. Einige Sekunden dauert es, bis ich verstehe, dass etwas nicht stimmt. Alles um mich herum ist rot gefärbt. Ruckartig zucke ich nach oben und steige sofort aus der Wanne. Im Wandspiegel sehe ich verkrustetes Blut an meinen Nasenlöchern kleben. Mit einem Taschentuch wische ich die Reste ab. Ich kann mich nicht erinnern, wann ich das letzte Mal Nasenbluten hatte.

# MARTIN

Ich hab' echt keinen Bock mehr, noch länger hier zu sein. Noch eine Nacht und dann war es das mit meinem Ausflug im Land der Bünzlis. Das Telefonat mit dem Vermieter hat meine Laune nicht gerade verbessert. Im Gegenteil, es scheint hier keine Sau zu interessieren, wenn ich etwas sage. Damit der Tag wenigstens noch etwas erträglich ist, brauche ich 'ne Belohnung. Dafür hab' ich mir 'nen Porno nach meinem Gusto ausgesucht. Ich liebe es, wenn sich Frauen gegenseitig verwöhnen. Es dauert nicht mal 'ne Minute, bis mein Schwanz steinhart ist. Wie geil wäre es, wenn Sonja jetzt hier wäre und mich anfassen würde. In mir hat sich einiges aufgestaut.

Erst, nachdem ich abgespritzt habe, fühle ich mich entspannter. Ich stehe auf und laufe ins Badezimmer. Als ich den Hahn aufdrehe, kommt nur eiskaltes Wasser; so kalt, dass meine Flossen weh tun. Ich hab' es auf die höchste Stufe gestellt und warte einige Sekunden. Jetzt hab' ich kein warmes Wasser mehr, oder was? Ey, wenn ich morgen kalt duschen muss, raste ich aus! Als ich meine Hände abtrockne und in den Spiegel blicke, sehe ich wieder das Wandbild aus dem anderen Zimmer. Mein Atem stockt, als ich etwas lesen kann.

ᗺA UAH

Ich erkenne die Buchstaben klar und deutlich. Sofort laufe ich zurück ins Zimmer und starre das Foto lange an, doch ich sehe nichts. Egal, von welcher Richtung ich schaue; von links, von rechts, von oben oder von unten. Ich entdecke keine Zeichen darauf. Als ich sie das letzte Mal gesehen habe, war nur die Nachttischlampe an. Dieses Mal war das Licht im Badezimmer aber eingeschaltet. Was zum Henker soll das?

Das hab' ich mir garantiert nicht eingebildet; ich hab' es klar und deutlich gesehen. Es muss jemand in meinem Zimmer gewesen sein und versucht mich zu verarschen. Es gibt bestimmt Spuren dafür. Sofort reiße ich die Bettdecke hoch und begutachte das Laken, in der Hoffnung, fremde

Haare oder sonst irgendwas zu finden. Ich durchsuche auch sämtliche Schubladen im Raum und stelle das komplette Zimmer auf den Kopf. Hier muss es doch irgendetwas Verdächtiges geben.

Ich blicke nochmal in den Spiegel und mein Herz bleibt fast stehen, als ich Risse erkenne, so als wäre er zerbrochen. Völlig überrascht blinzele ich erneut und reibe mir die Augen. Als ich sie wieder öffne, ist wieder alles so wie vorher. Das ist es also: das Gefühl, wenn es einem eiskalt den Rücken hinunterläuft.

# KAPITEL 14

## RAPHAEL

Der Kuss ist elektrisierend; einerseits leidenschaftlich, andererseits zurückhaltend. Diese Mischung turnt mich sehr an. Ihre Lippen sind weich und schmecken nach Erdbeere. Ich greife mit den Händen ihre festen Pobacken, ziehe sie noch näher zu mir, während sie leise stöhnt. Als sich unsere Lippen voneinander lösen, nehme ich Josephina an ihren Hüften und lege sie sanft auf das Bett. In meiner Hose könnte es jederzeit explodieren; ich bin total erregt. Über ihren Körper lehnend küsse ich ihren Hals. Ihr Stöhnen wird lauter und es scheint ihr zu gefallen. Sie gibt sich mir vollkommen hin.

Während ich ihren Körper weiter mit Küssen liebkose, ziehe ich ihren BH zur Seite und knete ihre Brüste mit meinen Händen. Sie hat erstaunlich große Brustwarzen. Ich sauge an ihren Nippeln und spiele mit meiner Zunge an ihnen, dabei wölbt sich ihr Körper immer stärker. Mit meiner Hand wandere ich unter ihren Slip und spüre glattrasierte Haut. Nun bin ich am Höhepunkt meiner Ekstase. Als ich sie mit meinem Finger stimuliere, stöhnt sie auf.

«Ich will dich», flüstert sie in mein Ohr.

«Ich dich auch.»

Sie öffnet die Schublade ihrer Kommode und holt eine große goldene Box heraus.

«Such dir dein Größe aus», fordert sie ich auf und hält mir den Inhalt der Box entgegen.

In der Schachtel sind Kondome von unterschiedlichen Marken. Ich nehme das, von dem ich sicher weiß, dass es mir passt. Da ich noch komplett angezogen bin, hilft mir Josephina beim Ausziehen meines Shirts und meiner Hose. Sie zieht die Boxershorts runter und umgreift mit ihrer kleinen Hand meinen Penis. Ich will es so sehr und kann es kaum erwarten. Mit meinen schwitzigen Fingern versuche ich die Verpackung des Kondoms zu öffnen. Meine zittrigen Hände schaffen es, das Gummi nicht zu beschädigen und über mein Glied zu streifen.

Behutsam lege ich mich über sie, während sie ihre Beine spreizt. Josephina hält ihre Augen geschlossen und wartet vermutlich, bis ich in sie eindringe. Dabei halte ich kurz inne und begutachte genauer ihr Gesicht: die Konturen ihrer kleinen Augen, der ausgeprägten Wangenknochen und die schmalen Lippen. Erst jetzt erkenne ich alles an ihr klar und deutlich. Sie hat bereits einige Krähenfüße an ihren Augen und die Mundwinkelfalten stechen stark hervor.

Irgendwie fühle ich mich nicht mehr zu ihr hingezogen. Sie wirkt auf einmal nicht mehr so … frisch – als hätte sich in diesem Moment ein dichter Nebel aufgelöst. Es ist nicht so wie mit *ihr*, als ich die intimen Berührungen genossen habe. Josephina fordert mich auf, loszulegen, und ich spüre, wie sie nach meinem Penis greift. Aber der Zauber ist vorbei.

«Sorry, ich glaube, es geht nicht mehr ...»

Ich steige von ihn runter, stehe auf und ziehe stumm meine Boxershorts wieder an.

«Diese ist nicht schlimm.»

Es klingt, als würde sie das nicht das erste Mal sagen. Ich verkneife mir den Kommentar «Es liegt nicht an dir.» Schließlich ist das ein Bordell und kein Date. Als ich wieder vollständig angezogen bin, kommt sie auf mich zu und fährt mit ihrer Hand durch meine Haare.

«Du sein zu attraktiv für hier. Du hast diese nicht nötig.»

Das ist mitunter das Schönste, was ich jemals gehört habe.

# SONJA

«Pass auf!», höre ich eine Stimme.

Wer ist da? Ich sehe niemanden.

«Schau besser nicht», sagt sie mit einer gewissen Vertrautheit. Ich traue mich nicht, mich umzudrehen. Wer ist hinter mir? Leider bin ich bewegungsunfähig. Plötzlich höre ich die Stimme eines Kindes; es ist ein Lachen. Mein Körper will sich immer noch nicht rühren. Dann spüre ich eine Hand an meiner Schulter; sie ist eiskalt. Ich erschrecke und stoße einen Schrei aus. Schwarz; alles komplett dunkel. Ich höre meinen Herzschlag bis in mein Trommelfell und bin schweißgebadet.

Schon wieder ein Albtraum. Dieses Mal war er sogar noch realer. Meine Kehle ist staubtrocken. Ich wälze mich aus dem Bett und knipse die Nachttischlampe an. Mir ist schwindlig und die pochenden Schmerzen fangen wieder an. Wasser, ich brauche Flüssigkeit. Den ganzen Tag über habe ich zu wenig getrunken. In meinem Hals fühlt es sich so an, als würde ich eine staubtrockene Wüste gießen. Es ist fast fünf Uhr und damit zu spät, um nochmals einzuschlafen. Das geschmacklose Wasser befriedigt mich nicht, ich möchte lieber einen warmen Tee. Vielleicht wäre das der ideale Zeitpunkt, um in Ruhe zu meditieren?

Im Speiseraum ist es still; fast schon gespenstisch. Ingwer-Geschmack ist jetzt das Richtige für mich. Meine kalten Hände wärmen sich an der heißen Tasse, während ich eine geschlossene Holztür entdecke. Nebenan hängt eine Tafel mit der Aufschrift *Lakshmi*. Ich kenne diesen Raum noch nicht, er ist mir bisher noch nicht aufgefallen. Wie schaut es wohl von innen aus?

Bevor ich die Tür öffne, vergewissere ich mich, dass keiner hier ist. Ich komme mir vor, als würde ich etwas Verbotenes tun. Gerade als ich den Türknauf berühren möchte, öffnet sich die Pforte wie von Geisterhand. Das habe ich mir bestimmt nur eingebildet. Trotzdem richten sich die Härchen auf meinen Unterarmen auf. Ich blicke mich um und prüfe, ob sie vielleicht durch einen Luftzug geöffnet wurde. Doch weder ein gekipptes Fenster noch eine offene Tür scheinen die Ursache gewesen zu sein.

Nun höre ich eine Stimme, die «Komm herein» flüstert. Auch wenn es unheimlich ist, fürchte ich mich nicht. Vielmehr habe ich das Gefühl, dass mir jemand helfen möchte.

Der Raum ist sehr klein; nicht mal zehn Quadratmeter groß. Vorne steht ein kleiner Schrein, so wie in allen anderen Zimmern auch. Ganz oben prangt eine bronzefarbene Statue von *Lakshmi*; die vierarmige hinduistische Göttin des Glücks, der Schönheit und des Reichtums ist unverkennbar. Um sie herum flackern genauso viele Kerzen. Zuerst denke ich, dass es LED-Lichter wären. Es ist gefährlich, unbeaufsichtigt Kerzen brennen zu lassen. Wer hat sie angezündet?

Ich setze mich in die Mitte des Raumes und nehme die Lotussitzhaltung ein; dabei atme ich tief ein und aus und schließe meine Augen. Ich komme augenblicklich zur Ruhe und bin vollkommen entspannt. Bisher habe ich es noch nie geschafft, meine Gedanken komplett auszuschalten; nun ist mein Geist still. In diesem Moment erscheint das Gesicht von Martin vor mir; es ist klar und deutlich. Er hält meinen Arm fest und es scheint, als würde er mich schubsen. Ich falle nach hinten und ehe ich auf den Boden aufkomme, zuckt mein Körper. So wie in einem Traum, wenn man fällt.

Während ich meine Augen wieder öffne, wird mir klar, dass es eine Erinnerung von mir gewesen ist. Das könnte zumindest meine wiederkehrenden Schmerzen erklären.

# LUDMILLA

Trotz meiner Besorgnis um Eli versuche ich Ruhe zu bewahren und mich auf die kommende Yoga-Stunde zu konzentrieren. Was mir besonders schwerfällt, da ich jedes Mal eine andere Auskunft vom Krankenhaus erhalte, wenn mit dem Personal telefoniere. Ständig schaue ich auf mein Handy und prüfe, ob mich nicht doch ein Anruf oder eine Nachricht erreicht. Sonja hingegen wirkt heute entspannter als gestern. Sie führt uns ohne besondere Vorkommnisse durch ihre Stunde. Ich beneide sie um ihre Gelassenheit, denn in ihrem Leben scheint ebenfalls einiges los zu sein.

Im letzten Teil der Stunde machen wir *Yin*-Yoga, dabei halten wir eine jeweilige Position für eine bestimmte Zeit. Die ersten Minuten schaffe ich noch gut, aber die letzten sind fast unerträglich für mich. Entweder schlafen meine Zehen ein oder ich spüre irgendwo ein unangenehmes Ziehen. Sonja sagt, dass man diesen Zustand nicht bewerten, sondern ihn einfach annehmen soll. Das fällt mir unheimlich schwer.

«Meine Lieben, wie fühlt ihr euch?», fragt Sonja.

Die meisten scheinen zufrieden zu sein, man hört ein «gut» oder «entspannt.»

«Das freut mich», lächelt sie. «Zum Schluss möchte ich noch gerne ein Mantra mit euch singen.»

Sie erhebt sich von ihrer Yoga-Matte und verteilt an jeden von uns einen Zettel. Darauf stehen komische Wörter, die ich nicht verstehe. Es könnte eine Sprache aus Indien sein; aus dieser Kultur kenne ich fast nichts. Sonja lässt ein Lied über einen Lautsprecher abspielen, die Instrumente gefallen mir. Dabei singt sie jeweils eine Strophe allein vor und wir wiederholen diese. Mir fällt es schwer, die Wörter richtig mitzulesen, stattdessen höre ich zu. Die eindringliche Melodie hat eine meditative Wirkung auf mich und ich bewege meinen Kopf rhythmisch zur Musik mit. Ich vernehme ein leichtes Kribbeln in der Bauchregion. Als wäre ich verliebt; dieses Gefühl hatte ich schon lange nicht mehr.

«Ich danke euch, dass ihr hier gewesen seid. Namaste», verabschiedet sie uns mit einer Verbeugung und gefalteten

Händen. Die anderen kommen langsam aus ihrer Trance zurück, stehen auf und rollen ihre Matten ein. Sonja grinst mich an.

«Wie hat es dir gefallen, Ludmilla?»

«Es war … eine tolle Erfahrung. Ja, wirklich.»

Ihr scharfer Blick prüft, ob die Teilnehmer bereits gegangen sind, ehe sie näher auf mich zukommt.

«Wie geht es Eli?»

Die Frage trifft mich wie ein Blitz. Wieso kommt sie gerade jetzt auf sie zu sprechen?

«Ich … hoffe, dass es ihr gut geht. Leider kann ich es im Moment nicht genau sagen.»

«Ich weiß, es klingt seltsam. Aber ich hatte heute Nacht einen Traum und habe die Stimme eines Mädchens gehört. An mehr kann ich mich leider nicht erinnern. Trotzdem hatte ich das Gefühl, dass ich dir das erzählen sollte.»

«Das ist … ja komisch.» Es ist das Einzige, was mir dazu einfällt. Hat das etwas zu bedeuten? Sonja meinte doch, dass sie mit Kindern nicht so viel am Hut hat.

«Weißt du, Ludmilla. Ich glaube nicht an Zufälle.» Sonja packt all ihre Utensilien zurück in die Tasche und bewegt sich zum Ausgang.

«Sondern?», frage ich mit leiser, zittriger Stimme. Dabei bin ich mir nicht sicher, ob ich ihre Antwort wirklich hören möchte.

Sie dreht ihren Kopf über die Schulter und schaut mir tief in die Augen. «An Fügungen.»

# MARTIN

Das ist das Maximum, das ich gerade ertragen kann. Zwei schlaflose Nächte direkt hintereinander machen mich kaputt. Heute brauche ich die vierfache Menge Kaffee als normal, ansonsten steh ich das nicht durch. Letzter Versuch. Wenn Sonja heute wieder so abweisend zu mir ist, dann muss ich mir ernsthaft überlegen, welche Konsequenzen das für unsere Beziehung hat. Die Abfuhr von gestern verzeihe ich ihr, doch heute möchte ich für meine Taten zumindest etwas Dankbarkeit zurückbekommen.

Im Kaff gibt es einen kleinen *Migros*-Markt. Dieses Mal möchte ich nicht mit leeren Händen dastehen. Ich weiß, dass Sonja keinen großen Wert auf Schnittblumen legt. Ich erinnere mich noch gut an den ersten Valentinstag. Wir kannten uns erst zwei Monate; abends hab' ich sie schön zum Essen ausgeführt. Selbstverständlich war ich bestens mit einem Blumenstrauß und Pralinen gerüstet. Frauen ist es wichtig, dass der Mann an diesem Tag vorbereitet ist. Selbst wenn sie sagen, dass der Valentinstag reiner Kommerz ist und sie keine Geschenke wollen, stimmt das nicht. Hier gilt die Devise: Nein heißt ja. Wage es niemals, nichts zu tun, sonst wirst du dein blaues Wunder erleben!

Ich werde Sonjas Blick niemals vergessen, als ich mit den Geschenken vor ihr stand. Erst im darauffolgenden Jahr sagte sie zu mir, dass sie keine Blumensträuße mag. Sie verbindet ihn mit Erinnerungen an den gemeinsamen Tag und es macht sie traurig, die verwelkten Blumen wegschmeißen zu müssen. Bei Pflanzen im Topf kann sie sich hingegen über das Wachstum freuen. Ich glaub, ich hab' kapiert, was sie damit meint. Trotzdem bin ich darüber erstaunt, was man alles in 'nen dämlichen Blumenstrauß hineininterpretieren kann.

Soweit ich das richtig in meiner Birne abgespeichert hab', sind die Schweizer für ihre Schokolade bekannt. Deshalb kaufe ich etwas von *Lindt* und einen Glücksklee. Glück kann man immer brauchen; wird ihr vielleicht bei der Suche nach ihrer vollständigen Hirnfunktion helfen.

Als ich meine Waren aufs Kassenband lege, fällt mir sofort

die süße Kassiererin auf. Sie lächelt mich an, grinst verlegen und schaut wieder weg. Vielleicht könnte ich mir die Kleine mal warmhalten. Wer weiß, wie der Abend heute ausgehen wird. Natürlich wünsche ich mir, dass ich Sonja verführen kann und wir endlich mal wieder Sex haben. Die letzten Male hat sie meine Annäherungsversuche komplett abgeblockt. Dann passierte dieser Unfall und seitdem war das Tor zum Paradies bis auf Weiteres geschlossen. Natürlich hatte ich für ihre Situation mal wieder volles Verständnis. Aber hey, ich bin ein Mann mit Bedürfnissen. Mich nur noch selbst zu vergnügen, wird mir auch irgendwann zu blöd. Sobald sie sich wieder erinnern kann, ziehen diese Ausreden jedenfalls nicht mehr.

«Darf ich dir ein Kompliment machen?»

Die Kassiererin wird puterrot; voll süß.

«Du bist die schönste Frau, der ich heute begegnet bin. Hast du 'nen Stift für mich?» Ich zwinkere ihr zu.

Nervös schaut sie hinter sich und reicht mir einen Kugelschreiber. Ich drehe den Kassenbon um, schreibe meine Nummer auf und gebe ihr den Zettel zurück.

«Ich bin heute noch in der Gegend. Meld dich doch, wenn du Zeit und Lust hast.»

# KAPITEL 15

## RAPHAEL

Ich fühle mich wie der größte Versager. Da gebe ich mir endlich mal einen Ruck und traue mich, ein Bordell zu besuchen und im entscheidenden Moment verschwindet meine Erektion. Das ist so erbärmlich.

«*Fucking shit!*», fluche ich und haue mit voller Wucht gegen eine Hauswand. Schmerz durchfährt meinen ganzen Körper. Der Schlag war so fest, dass meine Haut über dem Mittelhandknochen blutet.

Ich brauche etwas zu trinken. Wenn ich mich betäube, geht es mir besser; zumindest für diesen Moment. Ich habe schon begriffen, dass Alkohol nicht mein Problem löst. Aber es ist furchtbar anstrengend, sich um die Ursache zu kümmern. All meine Behandlungen, die mir verschrieben wurden, habe ich wieder abgebrochen. Immer und immer wieder wurde meine Vergangenheit durchleuchtet, um Traumata aus der Kindheit zu finden. Am Ende muss ich diese beschissenen Gefühle ertragen, die ich all die Jahre betäubt habe.

Während ich in den Himmel blicke, sehe ich Kondensstreifen in verschiedenen Farben. Die Sonne geht am Horizont auf. Ich fühle nichts, wenn ich das betrachte. In mir sind nur eine unendlich große Leere und Schmerz. Ich bezweifle, dass sich dieser Zustand jemals ändern wird. Es gibt keinen Ausweg aus dem Teufelskreis.

Ich laufe an einem Kiosk vorbei; er scheint gleich zu schließen. Dabei beobachte ich einen Mann, der das Bargeld aus der Kasse zählt. Das war auch mal einer dieser zahlreichen und sinnlosen Jobs, mit denen ich mich über Wasser gehalten habe. Ich brauche jetzt unbedingt etwas zu trinken.

Als ich den Laden betrete, zuckt der Mann etwas zusammen. Vermutlich hat er niemanden mehr um diese Uhrzeit erwartet.

«Einen wunderschönen guten Morgen!» Er lächelt, als würde er sich wirklich über Kundschaft freuen.

Ich bin nicht in Stimmung, einen guten Morgen zu

wünschen, wenn ich zuvor nicht geschlafen habe. Sofort finde ich das Spirituosenregal. Ohne zu zögern, nehme ich mir den billigsten Rum, den ich finde. Ich hoffe, mein Konto ist nicht wieder eingefroren, wenn ich mit Karte bezahle. Dankend lehne ich die angebotene Plastiktüte ab.

«Auf Wiedersehen!» Er verabschiedet sich mit einem seltsamen Gesichtsausdruck.

Das bezweifele ich. Kaum habe ich meinen Fuß nach draußen gesetzt, öffne ich die Flasche und schütte mir den Inhalt in den Rachen. Es brennt wie Feuer. Der Alkohol ist so scharf, dass es sich anfühlt, als würde er mir die Kehle verätzen. Egal, was dich nicht umbringt, macht dich stärker.

Ich nehme nochmal einen Schluck und mir wird schwindlig. Ziellos taumle ich die Straße entlang. Ich könnte jetzt einfach nach Hause gehen, aber das will ich nicht. Alles scheint so sinnlos; es ist keiner daheim, der auf mich wartet oder sich freut, mich zu sehen. Am liebsten würde ich mich irgendwo hinlegen und warten, bis mich die Müdigkeit einholt und ich einschlafe. So tief und fest, dass ich nicht mehr aufwache.

# SONJA

Nachdenklich nehme ich eine Gabel von meinem veganen Kurkuma-Zimt-Kuchen, den ich mir zum Nachtisch vom Buffet genommen habe. Normalerweise liebe ich Süßes über alles, aber ich bekomme keinen Bissen mehr runter. Seit dem Mittagessen habe ich ein seltsames Gefühl, das ich noch nicht wirklich beschreiben kann; als hätte ich eine Vorahnung, dass heute etwas passieren wird. Ein quietschender Stuhl holt mich wieder zurück und Ludmilla steht vor mir.

«Hallo. Bist du schon beim Nachtisch?»

«Ja. Ich war heute etwas früher beim Essen als sonst.»

«Schmeckt das gut?» Sie zeigt auf den Kuchen.

«Etwas gewöhnungsbedürftig, aber du kannst gerne probieren. Ich bin sowieso satt.»

«Oh … danke.» Sie nimmt sich mit der Gabel ein kleines Stück und schiebt es sich in den Mund.

«Weißt du, was ich heute so richtig vermisse?», spricht sie undeutlich und zeitgleich kauend.

*Deine Tochter* lag mir auf der Zunge, aber zum Glück konnte ich diesen Impuls sofort unterdrücken.

«Nein, was denn?», frage ich stattdessen.

«Kaffee. Hätte ich gewusst, dass es hier keinen Kaffee gibt, hätte ich mich besser ausgerüstet.»

«Ja, das verstehe ich gut. Ich liebe ihn auch.»

Sie nickt und betrachtet das Buffetangebot.

«Ich schaue mich da mal um», sagt Ludmilla und läuft davon.

Meine Blicke schweifen durch den Speiseraum und ich entdecke ein großes Glas in der Mitte eines einzelnen Tisches. Mit bunten Schleifchen und Bändern verziert, strahlt es über den ganzen Raum. Scheinbar ist es mit irgendetwas gefüllt. Immer wieder fallen mir neue Dinge auf; normalerweise habe ich ein gutes Auge für Details. Aber hier sichte ich vieles erst erstaunlich spät.

Ich betrachte es noch eine Weile, ehe ich mich entschließe, mir das näher anzuschauen. Viele kleine Kärtchen in fröhlichen Farben lachen mich herzlich an, aus Neugierde greife ich hinein. Genau in dem Moment läuft der Mönch an mir vorbei. Wieder bin ich wie gelähmt. Dabei scheint er mich gar nicht bemerkt zu haben, denn er ist schon wieder verschwunden.

Es dauert noch ein paar Sekunden, bis meine Hand wieder voll bewegungsfähig ist. Kurz kommt mir der Gedanke, ob er mich mit einem Voodoo-Zauber belegt haben könnte. Doch was sollte sein Motiv sein, mich zu verfluchen? Wir sind uns vorher noch nie begegnet, da bin ich mir ziemlich sicher.

Ich wühle noch etwas im Glas und stoppe bei einer Karte. Was wohl darauf zu sehen ist? Nun ziehe ich sie aus dem Behälter heraus und halte sie direkt vor meine Augen.

«Wer andern gar zu wenig traut, hat Angst an allen Ecken; wer gar zu viel auf andre baut, erwacht mit Schrecken», flüstert eine Stimme in mein Ohr.

Es kommt so unerwartet, dass ich die Karte fallen lasse. Als ich mich umdrehe, entdecke ich niemanden. Diese Stimme habe ich mir doch nicht eingebildet. Hastig blicke ich in alle Richtungen, aber es ist keiner im näheren Umfeld. Plötzlich spüre ich eine Hand an meiner Schulter; dabei stoße ich so einen lauten Schrei aus, dass es sofort still im Raum ist. Es ist wie ein Déjà-vu. Ich wirble vor Schreck herum und schaue völlig unerwartet in Ludmillas Augen.

«Sonja, alles okay? Du … siehst so aus, als hättest du einen Geist gesehen.»

# MARTIN

Bevor ich mein Zimmer verlasse, begutachte ich ein letztes Mal das hässliche Foto an der Wand. Ich hab' alles versucht, doch ich konnte die Buchstaben nicht mehr sehen. Der Vermieter oder die Putzfrau fanden das wohl irre komisch, mir 'nen Streich zu spielen. Aber das lasse ich so nicht auf mir sitzen, da haben sie sich mit dem Falschen angelegt. Das wird einige Punkte Abzug bei den Google-Rezensionen geben, das kann ich ihnen versprechen.

Es ist schon später Nachmittag, ich sollte nun mein Glück versuchen. Mittlerweile ist es arschkalt geworden, über Nacht hat es noch mehr geschneit. Ich muss echt höllisch aufpassen, dass ich mich nicht auf die Fresse lege. Obwohl mir bei WhatsApp zwei Haken angezeigt werden, habe ich keine Antworten auf meine Nachrichten bekommen. Ich kann nicht sagen, ob Sonja sie überhaupt gelesen hat; sie hat die blauen Haken leider abgestellt. Aber diese Diskussion fange ich nicht schon wieder mit ihr an; das hat sie seit ihrem Unfall geändert. Insgesamt hat sie sich nicht zum Guten entwickelt.

Sie plant doch hoffentlich nicht, sich von mir zu trennen, oder doch? Ach Quatsch, wie könnte sie das tun? Bisher hat sie sich nach jeder zickigen Phase wieder eingekriegt. Warum sollte es dieses Mal anders sein?

Meine Füße sind bereits klatschnass, obwohl ich Winterschuhe angezogen habe. Die hab' ich mir erst vor ein paar Wochen bestellt. Von wegen wasserdicht; *Hilfiger* wird noch was von mir zu hören bekommen. Hier das beste Beispiel, dass Markenartikel nicht immer die beste Qualität haben. Von weitem erkenne ich eine ältere Frau, die auf mich zukommt. Sie schaut alles andere als fit aus und läuft ziemlich bucklig. Je näher wir uns kommen, desto eher erkenne ich, wie wackelig sie trotz ihrer Gehhilfe daherkommt. Als ich rechts an ihr vorbeilaufen möchte, kippt sie zu meiner Seite und fällt um. Ruckartig versuche ich sie aufzufangen, doch sie ist so schwer, dass ich all meine Kraft brauche, um sie noch irgendwie zu halten. Die Alte krallt sich an mir fest und gibt keinen Ton von sich.

«Hey, geht es Ihnen gut?», frage ich, als ich ihr wieder nach oben helfe.

Kein Sterbenswörtchen von ihr. Stattdessen starrt sie mich an, als würde sie mir gleich ihren Stock über den Schädel ziehen. Sie rappelt sich wieder auf und läuft weiter, als wäre nichts gewesen.

«Unverschämtheit! Wenigstens ein Danke wäre angebracht!», rufe ich ihr nach.

Keine Reaktion. Unfassbar! Wenn es ein Kerl gewesen wäre, hätte ich ihm in die Fresse gehauen.

# LUDMILLA

Sowohl Sonja als auch ich sind überrascht, als sich unsere Blicke treffen. Ihr steht die blanke Angst ins Gesicht geschrieben und es macht den Eindruck, als bräuchte sie einige Sekunden, ehe sie mich erkennt. Auf die Frage, was mit ihr los sei, reagiert sie nicht. Stattdessen verlässt sie fluchtartig den Raum. Ich vermute, dass in diesem Moment eine Erinnerung zurückgekommen ist.

Noch zwei Tage, dann ist mein Aufenthalt hier vorbei. Einerseits finde ich es schade, diesen Ort zu verlassen. Andererseits vermisse ich Eli so sehr und möchte wieder bei ihr sein. Als Erstes werde ich sofort zu ihr zu fahren. Die Unwissenheit darüber, wie es ihr gerade geht, verstärkt meine Sorgen zunehmend. Es ist merkwürdig, aber ich habe irgendwie jegliche Verbindung zu ihr verloren, seitdem ich hier bin.

Am Nachmittag steht kein Programmpunkt an, somit muss ich mich selbst beschäftigen; was mich ein wenig überfordert, da ich mir bislang keine Gedanken über die Freizeitgestaltung machen musste. Draußen scheint noch die Sonne, aber vermutlich nicht mehr lange. Vielleicht könnte ich spazieren gehen, auch wenn ich das nicht so gerne mache. Aber frische Luft täte mir bestimmt gut.

Mit meinem dicksten Wintermantel und dem wärmsten Wollschal um den Hals stapfe ich durch den Schneematsch. Die eiskalte Winterluft in meinem Gesicht macht mich richtig wach. Nicht weit von mir entfernt entdecke ich eine kleine Bäckerei auf der linken Straßenseite. Ich atme den Duft von frischen Backwaren ein und bekomme Lust zu naschen. Laut den Öffnungszeiten bin ich noch nicht zu spät; ich überlege dieses Mal nicht lange und nutze die Gelegenheit.

«Grüezi Wohl», werde ich freundlich vom Personal begrüßt.

«Grüezi», erwidere ich und hoffe, dass meine Aussprache besser wird.

Hungrig begutachte ich die süßen Stücke, die übrig sind. Mein Blick bleibt am Käsekuchen haften. Auf Nachfrage bekomme ich sogar noch einen Cappuccino, obwohl die Kaffeemaschine nicht mehr in Betrieb ist. Ich stelle mich an einen Stehtisch und der erste Schluck Kaffee ist unbeschreiblich. Es fühlt sich an, als wäre ich wochenlang auf Koffeinentzug gewesen. Mein Handy vibriert in meiner Jackentasche. Sofort nehme ich es heraus und denke an Eli. Als ich auf mein Display schaue, sehe ich, dass ich eine Textnachricht erhalten habe.

*Sorry, für alles, was passiert ist. Wie geht es Eli?*

Mein Atem stockt. Wieso schreibt er mir gerade jetzt? Ich überlege, ob ich darauf überhaupt antworten soll oder ob ich die Nachricht besser lösche. Erst zögerlich, doch dann entschlossen, tippe ich langsam in den Chat.

*Sie ist immer noch nicht aufgewacht. Ich möchte vorerst keinen Kontakt mehr und hoffe, du verstehst das.*

Etwas verwirrt lege ich das Handy beiseite und esse meinen Kuchen auf. In meinen Augen sammeln sich Tränen. Ich möchte nicht mehr an diesen Abend erinnert werden, wenn er mir immer wieder schreibt. Mist, jetzt bin ich wieder traurig. Da ich es nicht lassen kann, öffne ich nochmals den Chat und sehe, dass die Nachricht nicht angekommen ist. Es bleibt bei einem Häkchen. Seltsam, dieses Mal liegt es auf keinen Fall an meinem Empfang. Ich kann mir nicht erklären, weshalb, aber ich habe ein ungutes Gefühl.

# KAPITEL 16

## RAPHAEL

Ich habe jegliches Zeitgefühl verloren. Es könnten bereits Stunden vergangen sein, oder auch nur ein paar Minuten. Die letzten Tropfen aus der Rumflasche lasse ich auf meiner Zunge zergehen. Ich bin kurz davor, mich zu übergeben. Aber das hätte mich nicht davon abgehalten, weiter zu trinken, wenn ich noch etwas gehabt hätte. Es wird mittlerweile immer heller. An einem Bach beobachte ich schnatternde Enten, die sich gegenseitig auf der Wasseroberfläche jagen. An guten Tagen könnte ich über dieses Schauspiel schmunzeln, doch heute stimmt es mich keineswegs fröhlicher, ganz im Gegenteil. Immerhin sind die Enten nicht allein; ich hingegen habe niemanden mehr.

Wie konnte das alles passieren? Ich wollte niemandem … *Stop it!* Du hast nichts falsch gemacht, Raphael! Sonja war mein letzter Halt im Leben. Für sie bin ich morgens immer gerne aufgestanden. Die Tage sind selten, an denen ich motiviert bin und ich nur so vor Energie sprudele. Doch es gab auch Zeiten, an denen ich spontane Ideen hatte, wie ich mich mit einer neuen Geschäftsidee selbstständig machen könnte. Teilweise habe ich diese Phasen auch genutzt und wollte am liebsten sofort alles in die Tat umsetzen. Dann habe ich Mom wieder um Geld gebeten, welches sie mir geliehen hat. Letzten Endes habe ich kein Projekt bis zum Ende durchgezogen. Nichts habe ich in meinem Leben erreicht; weder beruflich noch privat.

Mom hatte recht. Schon als Kind meinte sie, dass ich in der Schule viel lernen soll, damit aus mir mal etwas wird. Sie hat sich gewünscht, dass ich später studiere und etwas im Bereich Finanzen mache. Controller wäre ein solider Job. Doch schon früh habe ich gemerkt, dass Zahlen nichts für mich sind. Ich fühlte mich immer so mies, wenn ich eine schlechte Note in Mathe bekommen habe. Die Klausuren ließ ich meistens sofort verschwinden, denn ich wusste, dass Mom furchtbar enttäuscht gewesen wäre. Für sie ist dann immer eine Welt zusammengebrochen und sie wollte wissen, woran es gelegen hat; ob die Aufgaben zu schwer gewesen sind oder ob der Lehrer mich nicht mochte. Ich wusste die Antwort auf diese Frage genau: Es lag an mir, schlicht und ergreifend an meinen mathematischen Fähigkeiten.

Ich brachte es nicht übers Herz, ihr das zu sagen. Lange Zeit habe ich mich schuldig gefühlt, dass sie wegen mir enttäuscht ist. Der schlimmste Tag war die Übergabe der Jahreszeugnisse. Nur einmal hätte ich es fast auf eine Vier in Mathe geschafft, doch leider stand doch nur wieder die Fünf drin. Ich war Profi im Fälschen und konnte eine Zwei daraus zaubern. Jahrelang habe ich das so durchgezogen, bis sie eine Einladung zu einem persönlichen Gespräch bekommen hat.

Niemals werde ich ihr Gesicht vergessen, als sie in mein Zimmer kam und mich fragte, weshalb sie mit meinem Mathelehrer sprechen müsse. An diesem Tag ist alles aufgeflogen. Das Letzte, was Mom zu mir gesagt hat, ehe sie mir wochenlang Hausarrest gab, war: «Ich bin froh, dass dein Vater das nicht mehr erleben muss.» Dieser Satz hat sich tief in mir eingebrannt. Sie hatte immer recht – ich bin ein *Loser*.

Quietschende Schienen reißen mich aus meinem Gedankenstrudel. Es könnte ein Zug sein. Als ich mich umblicke, verstehe ich, dass ich wohl vom Bach zum Bahnhof gelaufen bin. Ich stehe kurz vor einem Gleis, von rechts sehe ich weit weg zwei helle Lichter auf mich zukommen. Das muss ein Zeichen sein. Sonja glaubt nicht an Zufälle; sie denkt, dass alles aus einem bestimmten Grund passiert.

Die Eisenbahn kommt immer näher und die zwei hellen Kreise werden größer. Auch wenn ich ein Versager bin, ich müsste mich nur ein einziges Mal trauen. Nur eine Entscheidung, die ich treffen muss, ehe ich die Chance verpasse. Ich könnte endlich aus diesem unsichtbaren Gefängnis ausbrechen; wie oft habe ich mir das schon gewünscht? Unzählige Szenarien über das Sterben waren immer wieder in meinem Kopf und haben mir ein wohliges Gefühl bei der Vorstellung vermittelt, wenn sich all meine Probleme wie von selbst lösen würden. Ich will nicht länger warten, bis sich vielleicht irgendwann mal etwas in meinem

Leben verbessert. Nein, ich muss meinem Glück selbst auf die Sprünge helfen. Bisher hatte ich immer Angst, wenn ich mir das vorgestellt habe. Doch als ich einen Fuß auf die Schienen setze, ist sie wie weggeblasen.

# SONJA

Langsam verliere ich wohl den Verstand. Ich höre Stimmen, die es offenkundig nicht gibt. Großer Gott, hoffentlich entwickle ich keine Paranoia; darüber habe ich mir schon mal eine Dokumentation angeschaut. Da begann es auch mit dem Hören von Stimmen. Kann ich Fiktion und Wirklichkeit nicht mehr unterscheiden? Insgeheim spüre ich, dass ich nur an diesem Ort die Antworten auf meine Fragen finden kann. Aber zu welchem Preis? Nach dem Vorfall im Speiseraum habe ich mich in mein Zimmer verkrochen. So kann ich nicht unter die Leute treten. Was ist, wenn ich wieder anfange zu kreischen und alle verängstigt sind?

Das Flüstern geht mir nicht mehr aus dem Sinn, wie ein tiefes Brummen sitzt es in meinen Ohren fest. Leise, aber deutlich; ich spüre sogar noch den Atem in meinem Nacken. Mit einem Mal fällt es mir wie Schuppen von den Augen. Der Mönch! Natürlich, es kann nur er gewesen sein. Ich hatte ihn doch noch gesehen und plötzlich war er verschwunden. Ich muss ihn finden!

Ruckartig springe ich aus dem Bett und verlasse das Zimmer. Entweder ist er hier als Helfer tätig oder zu Gast. Ich kann mich erinnern, dass im Flur eine große Wand mit Fotos von allen Mitarbeitern des Hauses hängt. Zielgerichtet laufe ich auf sie zu und studiere sie gründlich. Hier sind alle Funktionen vertreten; Aushilfen für die Küche, im Büro, Haustechniker und Elektriker. So viele Gesichter, doch nicht jenes, nach welchem ich suche.

Der Mönch wirkt wie eine Person, die sich der geistlichen Welt vollkommen hingegeben hat. Vielleicht ist er auch erst vor Kurzem diesem *Ashram* beigetreten? Jemand von der Rezeption könnte mir hier sicherlich eine Auskunft geben. Heute hält ein junger Mann mit einem aufgemalten roten Punkt auf der Stirn die Stellung.

«Namaste», begrüße ich ihn.

Er lächelt mich an und grüßt zurück.

«Ich habe eine Frage. Vielleicht kannst du mir weiterhelfen.»

«Das würde mich freuen und ich werde mein Bestes versuchen», antwortet er.

«Ich suche nach einem Mann, der ... eine Mönchskutte trägt. Er ist sehr groß und ich dachte, dass er hier hilft.»

«Eine Mönchskutte?», hakt er nach.

«Ja, sie ist orange.»

Er scheint zu überlegen und schaut dabei in die Luft.

«Ich kann dir leider nicht helfen. So jemanden habe ich nicht gesehen.»

«Aber … das ist fast unmöglich. Seine Erscheinung ist so auffällig, man kann ihn nicht übersehen. Ich bin ihm schon einige Male be...»

Auf einmal werde ich von einem «Hallo, Liebes», unterbrochen. Als ich mich umdrehe, steht Martin vor mir.

# MARTIN

«Ich würde mich freuen, wenn ich dich heute zum Abendessen ausführen darf. Schau, ich hab' dir sogar etwas mitgebracht. Eine Pflanze in 'nem Topf deiner Lieblingsfarbe und gute Schweizer Schokolade.»

Sonja scheint tatsächlich überrascht über meinen Besuch.

«Martin, das ist lieb von dir, aber ...», sie seufzt, «… ich weiß gerade nicht, ob ich das kann und auch will.»

Ob sie das auch *will*?

«Bitte, werde jetzt nicht wieder sauer», schiebt sie hinterher und schlägt dabei ihre Hände überm Kopf zusammen.

Alles klar, der Zicken-Modus ist noch aktiv. Dann muss ich wieder die Rolle des verständnisvollen und einfühlsamen Freundes einnehmen.

«Wenn wir zuhause wären, würde ich dir einen Tee machen und ihn dir ans Bett bringen. Aber im Moment kann ich dir nur eine Einladung in ein schönes Restaurant anbieten.»

Sie schaut mich nachdenklich an.

«Also gut. Aber nur, weil du dir so viel Mühe gibst.»

Yes! Ich bin einfach der Beste, wenn es darum geht, Frauen zu sagen, was sie gerne hören.

«Lass mich noch kurz einen Tisch reservieren.» Ich möchte sichergehen, dass wir nicht umsonst hindackeln. Am Telefon werde ich darüber informiert, dass man im Restaurant nicht mit Karte zahlen könne, sondern nur mit Bargeld und in Schweizer Franken. Es wundert mich gar nicht, dass ich mich schon wieder nur mit den ausländerfeindlichen Schweizern rumärgern muss.

«Wo ist denn das Restaurant?», möchte Sonja wissen.

«Lass dich überraschen. Hattest du bisher einen schönen Tag?»

Sie bleibt stumm. Sieht wohl eher nicht so aus.

«Das kann ich gar nicht so richtig beantworten. Der Tag ist noch nicht vorbei.»

Ich nehme ihre Hand, während wir zur Gastwirtschaft laufen. Zwar erwidert sie meinen Griff, aber ihre Finger liegen lose und schlaff in meiner. Sie schaut etwas fertig aus. Ihre

Haare sind zu einem Knoten zusammengebunden, ihre Haut ist unrein und sie hat dunkle Augenringe. Hoffentlich lässt sie sich jetzt nicht vollkommen gehen.

«Du machst einen müden Eindruck. Ich dachte, dieses Yoga-Zeugs tut dir eigentlich gut. Dabei siehst du echt ...», ich halte kurz inne, weil ich sie nicht beleidigen möchte.

«… scheiße aus, wolltest du sagen, oder nicht?», vollendet sie meinen Satz.

«Auf jeden Fall alles andere als erholt», erkläre ich, um meinen Arsch zu retten.

«Ich konnte die letzten Nächte nicht so gut schlafen. Ich bin oft aufgewacht und habe viel geträumt.»

«Okay», antworte ich.

«Das war's?»

«Was meinst du?»

«Interessiert es dich nicht, was ich geträumt habe?»

«Doch, natürlich! Ich dachte, du wirst mir gleich mehr davon erzählen.»

«Wenn du nicht nachfragst, gehe ich davon aus, dass es dich nicht interessiert», sagt sie mürrisch.

Boah, geht das jetzt wieder los?

«Schatz, lass uns erstmal was Geiles essen. Ich hab' 'nen Bärenhunger. Dann kannst du mir dort alles über deine Träume berichten.»

Vor dem Essen noch so 'ne Diskussion anzufangen, pack ich nicht. Als wir auf einer baufälligen alten Steinbrücke den Fluss überqueren, kann ich die Wirtschaft schon sehen.

«Ah, hier ist es auch schon», sage ich.

Sonja bleibt vor dem Restaurant stehen. Ey, hoffentlich fängt sie jetzt nicht auch noch an zu meckern. Die Auswahl im Kaff ist begrenzt und es war laut Bewertungen noch eines der Besten, die ich gefunden habe.

«Was ist? Gehen wir rein?», frage ich.

Sie wendet ihren Blick wieder zu mir und nickt verunsichert.

# LUDMILLA

Mir geht die letzte Nachricht nicht mehr aus dem Kopf. Sie ist bis jetzt nicht zugestellt worden. Ich habe nicht die Kraft, mich auch noch um *ihn* zu kümmern. Es ist schon genug passiert; das halten meine Nerven nicht aus. Wieso fällt es mir immer so schwer, Grenzen zu setzen?

Als ich Mutter geworden bin, ist es etwas besser geworden. Für Eli konnte ich gut einstehen, aber nie für mich selbst. Wie geht es dir, Eli? Ich muss wissen, ob es dir gut geht. Ich brauche endlich eine Auskunft, auf die ich mich verlassen kann. Hier an diesem Ort sind mir die Hände gebunden. Vielleicht könnte ich es ein letztes Mal von einem Festnetztelefon versuchen. Da hätte ich zumindest bessere Chancen, dass die Verbindung stabil bleibt.

An der Rezeption steht niemand. Hm, da ist eine Klingel. Soll ich sie nutzen? Nein, ich möchte nicht für so viel Aufruhr sorgen. Aber jetzt geht es um meine Tochter. Es ist nicht schlimm zu fragen, ob ich kurz telefonieren kann. Oder doch? Komm schon, Ludmilla. Es geht jetzt nicht um dich; trau dich. Ich klingle. Sofort steigt mir die Hitze ins Gesicht und ich werde bestimmt schon wieder rot. Okay, es hat wohl gerade keiner Zeit. Vielleicht versuche ich es später wieder. Doch als ich gehen will, kommt mir die Frau mit den Rastalocken vom ersten Tag entgegen. Sie lächelt mir zu und grüßt mich freundlich.

«Entschuldigung!», sage ich.

«Ja?»

«Ich … dürfte ich meine Tochter über das Festnetztelefon anrufen, bitte?»

«Aber natürlich.» Sie deutet mir, auf ihre Seite zu kommen.

«Danke. Ich glaube, dass irgendwas … mit meinem Handy ist und …»

«Alles gut. Bei der Nummer musst du nur eine extra Null vorwählen.»

«Vielen Dank!»

Ich wähle bewusst jede einzelne Ziffer, damit ich mich nicht vertippe. Gespannt warte ich, ob sich eine Verbindung aufbaut. Und tatsächlich, nach einem kurzen Klacken höre ich einen Ton.

«Elisabethenkrankenhaus, Sie sprechen mit Cornelia Maier, was kann ich für Sie tun?»

«Gvojic, mein Name. Meine Tochter ist bei Ihnen stationiert und ich wollte mich erkundigen, wie es ihr geht.»

Es dauert gefühlt eine Ewigkeit, bis ich etwas höre. Es folgt ein Geräusch von Papieren.

«Frau Gvojic, ich bin froh, dass Sie anrufen. Leider haben wir Sie telefonisch nicht erreichen können. Wir wissen nun, weshalb Ihre Tochter ins Koma gefallen ist», höre ich.

Mein Atem stockt. Ich bin überwältigt von dieser Information.

«Wirklich? Und weshalb?», möchte ich wissen.

Ich entnehme leise Hintergrundgeräusche, die ich nicht zuordnen kann.

«Wir haben die Blutwerte aus dem Labor der ersten Untersuchung erhalten. Es tut uns leid, diese sind wohl abhandengekommen und wurden uns erst gestern zugestellt. Darüber sollten wir persönlich sprechen», erklärt sie.

«Ich … fahre sofort los! Ich bin in ein paar Stunden bei Ihnen im Krankenhaus!»

# KAPITEL 17

## SONJA

Das Restaurant hat seinen eigenen Charme. Es erinnert mich an ein altes Kellergemäuer, ohne aber finster zu wirken. An den Wänden hängen Teller mit bunt bemalten Bildern. Vor allem gefallen mir die Rundbogenfenster. Es sind bereits einige Plätze belegt und rege Unterhaltungen finden statt. Wir werden von einem Kellner mit gezwirbeltem Schnauzbart an einen freien Tisch geführt. Die Deko darauf ist zwar sparsam, aber für meinen Geschmack ausreichend.

«Voilà, le menu.» Der Kellner übergibt uns die Karte.

«Merci beaucoup», erwidere ich – die letzten Wörter auf Französisch, die ich noch beherrsche.

«Wollen wir uns eine Vorspeise teilen?», fragt Martin.

«Ich denke nicht, dass mein Hunger dafür ausreicht.»

«Bist du dir sicher?»

«Ja, bin ich.»

«Aber dafür bestellen wir eine schöne Flasche Rotwein zur Feier des Tages.»

Zur Feier des Tages? Er ist einfach hergekommen, ohne es mit mir zu besprechen; für mich gibt es sicherlich nichts zu feiern.

«Ich würde diese Woche gerne komplett auf Alkohol verzichten», sage ich.

«Wieso das denn?» Er zieht seine Augenbrauen nach oben.

«Ich möchte meinen Körper entgiften. Alkohol vernebelt die Sinne und ich möchte einen klaren Geist haben, wenn ich nach meinen Erinnerungen suche.»

Mir ist bewusst, dass es selten etwas bringt, Martin meine Sichtweise zu erläutern. Wie ich seinen Gesichtsausdruck deute, nimmt er mich wieder nicht ernst. Zwar hört er mir zu, doch lehnt er sich gelangweilt in seinen Stuhl zurück, während er seine Arme hinter seinem Kopf verschränkt.

«Du ignorierst seit Tagen meine Nachrichten und dann möchtest du nicht mal ein Gläschen Wein mit mir trinken?»

Ich wusste, dass wieder ein Vorwurf kommt.

«Martin, ich habe nicht nur *dich* ignoriert, sondern ich reagiere gerade auf niemanden. Ich sage es gerne noch einmal: Die Welt dreht sich nicht immer nur um dich. Ich wünsche mir nur ein bisschen Verständnis für meine Situation. Was glaubst du, wie es ist, in einem Krankenhaus mit Schmerzen aufzuwachen, die sich so anfühlen, als wäre eine Granate in deinem Kopf explodiert? Oder wie es mir damit geht, dass man mich in einem fast vier Meter tiefen Bodenloch gefunden hat?»

Überrascht sieht er mich an. «Du wurdest in einem Loch gefunden? Seit wann weißt du das?»

«Das Personal vom Krankenhaus hat mir das mitgeteilt.»

«Wieso hast du mir das nicht sofort erzählt?»

Der Kellner unterbricht unsere Unterhaltung und nimmt die Bestellung auf. Da ich mich nicht entscheiden kann, nehme ich dasselbe wie Martin.

«Weil ich diese Information erstmal allein verarbeiten wollte und gehofft habe, dass ich mich hier daran erinnern könnte. Außerdem macht es nicht den Anschein, als würde es dich interessieren. Du hast mir nie Fragen zu meinem Unfall gestellt und du warst nicht bei mir, als ich aufgewacht bin.»

«Das kannst du mir doch nicht ernsthaft vorwerfen! Ich finde es sehr komisch, dass du mir das nicht erzählt hast. Verheimlichst du mir noch mehr Dinge?» Seine Stimme wird lauter.

«Können wir bitte wie Erwachsene miteinander sprechen?»

Er beugt sich zu mir nach vorne. «Sonja, ich wusste nicht, dass du im Krankenhaus warst. Erst, als du mich angerufen hast. Und wieso hast du überhaupt diesen Trottel vor mir angerufen? Dabei bin *ich* doch dein Freund!»

Ich denke über seine Worte nach. Es stimmt, dass er nicht wissen konnte, dass ich im Krankenhaus aufgewacht bin.

«Ich habe Raphi nicht angerufen», antworte ich.

«Hat nicht *er* dich vom Krankenhaus abgeholt? Anscheinend hast du ihn vor mir kontaktiert.»

Mir fällt ein, dass Raphael neben mir stand, als ich nach drei Tagen aufgewacht bin. Ich hatte ihn nie dazu gefragt, woher er von meinem Aufenthalt wusste.

«Er … war einfach da.»

«Was meinst du damit?», fragt Martin.

«Raphi war neben mir, als ich meine Augen öffnete. Die ganze Zeit … war er bei mir», antworte ich.

Plötzlich lacht er so laut, dass sich einige nach uns umdrehen.

«Und du fragst dich, weshalb ich diesen Typen nicht ausstehen kann? Also Sonja, es ist ja wohl offensichtlich, dass die Sache gewaltig zum Himmel stinkt.»

Ich greife nach meiner *Rivella* und trinke die Flasche leer.

«Vielleicht brauche ich jetzt doch ein Glas Wein.»

«Eine sehr gute Idee.» Sofort bestellt er eine Flasche beim Kellner. «Hast du eine besondere Vorliebe?»

Ich schüttele den Kopf.

«Du solltest deinen besten Freund mal etwas genauer unter die Lupe nehmen. Ach, und wolltest du mir nicht von deinen Träumen erzählen?» Er verschränkt seine Arme.

«Willst du das wirklich hören?»

«Unbedingt!»

# MARTIN

Unser Cordon-Bleu mit Pommes wird serviert. Ich hab' einen abartig großen Hunger und bezweifle, dass ich von dieser Kinderportion satt werde.

«In meinen Träumen hat mich jemand gewarnt», fängt Sonja an.

«Wovor denn?»

«Viele Bäume standen um mich herum. Jemand hat zu mir gesagt, dass ich mich nicht umdrehen soll.»

Ich schneide mir ein Stück Fleisch ab und sehe, wie der Käse aus dem Schnitzel läuft; das schaut echt hammerlecker aus.

«Und hast du gesehen, wer es war?», frage ich mit vollem Mund.

«Nein. Als ich nachsehen wollte, bin ich aufgewacht.» Sonja spießt mit ihrer Gabel zwei Pommes auf. Doch statt sie zu essen, blickt sie diese nur an. «Und ich glaube, dass ich die Stimme kannte.»

Ich muss mich zurückhalten, dass ich nicht alles auf einmal verschlinge. «Und wer sollte das deiner Meinung nach gewesen sein? Bestimmt dein heißgeliebtes Latino-Schoßhündchen.» Beim Reden schiebe ich mir ein weiteres Stück in den Mund.

«Nein», kommt wie aus der Pistole geschossen.

«Wer denn sonst?»

«Ehrlich gesagt bin ich mir fast sicher, dass es deine gewesen ist.» Dabei kaut sie seelenruhig ihre Pommes und würdigt mich keines Blickes.

«Mooooment. Was genau meinst du damit? Denkst du, ich habe etwas damit zu tun?»

Sie schaut mir in die Augen und hört schlagartig auf zu kauen. «Ich weiß es nicht, Martin. Sag du es mir.»

Mir wird heiß und ich schwitze. Verdammt, wieso bringt sie mich so sehr aus der Fassung? Endlich kommt der Wein und der Kellner schenkt zuerst mir einen Probierschluck ein. Ich schmecke im Moment nichts außer dem würzigen Käse, deshalb deute ich ihm, dass er in Ordnung ist. Nachdem ich einen Schluck getrunken hab', werde ich innerlich wieder etwas ruhiger.

«Ich glaube, du verdächtigst den Falschen», sage ich.

Nun starrt Sonja mir direkt in die Augen. «Und wieso schwitzt du plötzlich so extrem?»

Was soll das werden?

«Und was ist mit deinem *Freund*? Wieso könnte er denn nicht etwas mit deinem Unfall zu tun haben? Du lenkst die ganze Zeit von ihm ab und versuchst mir die Schuld in die Schuhe zu schieben! Ich frage mich wirklich, weshalb du ihn immer in Schutz nimmst.»

«Martin, du verhältst dich sehr verdächtig. Das Letzte, wovon du berichtet hast, war unser Streit. Und danach wache ich im Krankenhaus auf. Ist das nicht etwas komisch? Du warst auf jeden Fall eine Kontaktperson an diesem Abend.»

Ich werde wütend und mein Puls steigt rasant an. Immer diese Anschuldigungen! Ich habe so die Faxen dicke!

«Und was sollte ich deiner Meinung nach genau getan haben, Frau Detektivin?»

Sie nimmt sich ihren Wein und trinkt mit fast einem Zug das ganze Glas leer. «Im Krankenhaus sagte man, dass ich im Wald gefunden wurde. Vielleicht waren wir unterwegs, haben uns dort gestritten und du hast mir wehgetan und mich liegen gelassen.»

Mein Atem stockt. «Du denkst wirklich, dass ich so etwas tun würde?»

«Nun ja, es wäre ja nicht das erste Mal, dass du … handgreiflich geworden wärst.»

Das ist ja wohl der Obergipfel! Ich hatte mich schon tausend Mal deswegen bei ihr entschuldigt.

«Ich glaube, dass du beim Spazierengehen einfach gestolpert und in ein Loch gefallen bist. Das wäre die plausibelste Erklärung. Sonja, das hier ist doch kein Krimi. Du spinnst dir gerade ganz schön was zusammen.»

Sie blickt mich wieder böse an. «Ich glaube, dass ich meinem Ziel, die Sache aufzuklären, Stück für Stück näherkomme.» Mit ihrer Gabel führt sie die letzten Brocken vom Teller in ihren Mund.

«Also mit deinem Hirn stimmt doch was gewaltig nicht!»

Sie legt das Besteck nieder. «Martin, was ist nach unserem Streit passiert?»

«Das hab' ich dir doch schon erzählt. Wir hatten schon wieder das Kinderthema und jeder hat seinen Standpunkt vertreten. Wir sind auf keinen grünen Zweig gekommen und du bist einfach abgehauen. Was du übrigens immer tust, wenn wir uns streiten.»

Ihr Todesblick macht mir Angst, sodass ich noch mehr schwitze. Mich juckt es plötzlich überall und hab' einen unangenehmen Hustenreiz.

«Ich bestelle jetzt mal die Rechnung», schlage ich vor, greife in meine Hosentasche und suche nach dem Geldbeutel. Ich finde ihn nicht und prüfe hastig die Innenseite meiner Jacke.

«Was ist?», möchte sie wissen.

Wo ist er? Ich stehe auf und suche alles ab, doch er ist nicht da. Plötzlich fällt mir im wahrsten Sinne des Wortes die Kinnlade runter.

«Diese verdammte Alte!», brülle ich durch das Restaurant. Das verfluchte Weib hat mich beklaut. Ich fasse es nicht!

# SONJA

Martin ist total außer sich. Ist dieses Szenario echt oder spielt er etwas vor, um von sich abzulenken? Seinen körperlichen Reaktionen nach zu urteilen, stimmt hier irgendetwas nicht.

«Martin, was ist los?»

Er fuchtelt wild mit seinen Armen in der Luft. Sein Gesicht ist rot angelaufen.

«So 'ne alte Schachtel hat mich beklaut! Vorhin, auf der Straße.»

«Bist du sicher?»

Seine Miene verfinstert sich augenblicklich. «Was meinst du damit? Im Gegensatz zu *deinem* Hirn läuft mit meinem alles richtig.»

Diese Aussage trifft mich wie ein Pfeil, der sich durch mein Herz bohrt. Ich will mir das nicht mehr weiter anhören.

«Hm, ich muss mal», sage ich und verlasse den Tisch. Schnell weg von ihm. Jemand, der auch noch Salz in meine Wunden streut, brauche ich nicht. Auf dem Weg zum Gäste-WC schießen mir plötzlich wieder die Schmerzen durch den Kopf. Nein, bitte nicht jetzt. Das kann ich nicht auch noch ertragen. Und dann sehe ich ihn; was mein Herz fast zum Stehen bringt. Der Mönch sitzt allein am Tisch und ist in meine Richtung gewandt. Wie auch schon die letzten Male wollen sich meine Beine nicht mehr bewegen. Er schaut mir wieder nicht in die Augen. Als ich mich bewegen kann, drehe ich mich um, um zu prüfen, ob jemand hinter mir steht. Doch da ist keiner. Ich wende mich wieder ihm zu und plötzlich steht er vor mir. Nicht mal ein Meter Abstand ist zwischen uns; ich kann seinen Atem spüren.

«Bitte …», beginne ich verzweifelt in Tränen, «… sag mir, wer du bist.»

Nun blickt er mich direkt an.

«Ist das dein Kind?»

Endlich höre ich seine Stimme. Ich verstehe die Frage nicht. Nochmals drehe ich mich in alle Richtungen, um mich zu vergewissern, dass keiner hinter mir ist.

«Was meinst du?»

Meine Stimme zittert und ich werde schwächer. Der Mönch verzieht keine Miene.

«Es ist ein Kind bei dir. Schon die ganze Zeit.»

Ich verstehe kein Wort, von dem was er sagt. Verliere ich jetzt komplett meinen Verstand?

«Was? Aber … hier ist doch niemand. Ich weiß nicht, wovon du sprichst. Ich habe keine Kinder!»

Er schaut mich an, als hätte er nicht verstanden, was ich gesagt habe. Mir fällt die Stimme des Mädchens aus meinem Traum ein. Was hat das alles zu bedeuten? Mein Kopf pocht noch stärker; mir wird schwummrig vor Augen.

«Setz dich», sagt er mit seiner tiefen Stimme. Ich bin mir sicher, dass es dieselbe ist, die mir das Zitat von der Karte vorgelesen hat. Ich halte mir die Hände vors Gesicht und spüre, dass gleich etwas passiert. «Lass los», flüstert er in mein Ohr.

Blitze flimmern vor meinen Augen. Nun sehe ich ein klares Bild vor mir: Ich stehe in Martins Wohnung. Er spricht etwas, doch ich höre nicht, was er sagt. Wieder einmal scheint er aufbrausend zu sein, so wie ich seine Körpersprache deute. Neugierig und doch zurückhaltend schaue ich ihm zu und lasse ihn wild gestikulierend weiterreden.

Nun tritt er näher zu mir heran, sein Arm greift nach meinem und er hält mich fest. Es ist mir unangenehm. Wir bewegen uns beide hin und her; immer energischer, bis ich das Gleichgewicht verliere und nach hinten falle. Dabei pralle ich gegen irgendetwas und zucke zusammen. Dieses Mal sehe ich es klarer als während der Meditation.

«Sonja, was geht hier ab?», holt mich Martin aus meinem Zustand.

Als käme ich von einer spirituellen Reise zurück, spüre ich nur noch eine Emotion: Wut.

«Du hast mich geschubst.»

«Was?»

«Bei unserem Streit. Du hast mich weggestoßen. Ich bin mir jetzt sicher», antworte ich bestimmter.

«Sonja, das war ein Unfall. Ich wollte dich festhalten, du

hast dich von mir losgerissen und bist leider … nach hinten gestürzt.»

Wie konnte mir mein Freund das antun? Er erzählt mir nur die halbe Wahrheit, aber die wichtigen Details lässt er natürlich aus. Ich habe seine Ausreden und Lügen satt und kann ihm keine Sekunde länger vertrauen.

«Schau näher hin», flüstert der Mönch. «Das war nur ein Teil der Geschichte.»

Seine eiskalte Hand legt sich an meine Schulter. Es fühlt sich an, als würde eine Energie durch meinen ganzen Körper fließen. Es ist angenehm. Ich schließe erneut die Augen und wie ein Film spielt sich der Rest des Abends ab. Nach dem Streit mit Martin bis zum Sturz in das Loch erkenne ich alles klar und deutlich. Dann wird alles um mich herum schwarz. Mein Körper zuckt und es ist wieder kalt um mich herum. Ich bin perplex über alles, was ich gesehen habe. Es dauert einen Moment, ehe ich realisiere und begreife, was genau geschehen ist. Großer Gott, ich bin Augenzeugin eines schrecklichen Verbrechens geworden.

# TAG DES UNFALLS

## *18. NOVEMBER 2023*

## LUDMILLA

«Mamaaa, ich möchte mit dir spielen!» Meine kleine Eli kommt hüpfend auf mich zu.

«Was denn, Liebes?», möchte ich wissen.

«Barbieee! Ich bin Barbie und du bist Ken, Mama.»

«Okay, dann bring die beiden doch mal her.»

«Au jaa!»

Eli ist heute sehr aufgeweckt. Wenn sie so strahlt, freue ich mich immer für sie mit. Auf meinem Handy sehe ich eine *Tinder*-Nachricht von Giusi, mit dem ich schon seit einigen Tagen schreibe. Mein Herz klopft. Er hat mich heute früh nach einem persönlichen Treffen gefragt und ich habe zugesagt. Neugierig, was er vorschlägt, öffne ich mit hohen Erwartungen die App.

«Hier ist Ken!» Sie läuft auf mich zu und streckt mir die Puppe ins Gesicht.

«Ich bin sofort bei dir, mein Schatz», sage ich und drücke ihn von meiner Nase weg. Endlich erscheint der Text seiner Nachricht.

*Darf ich dich heute Abend zum Essen einladen? Um 18:30 Uhr im La Dolce Vita.*

Ich freue mich so! Es ist das erste Date seit meiner Scheidung.

«Komm jetzt, Mamaaaa!»

«Eli, ich habe gesagt, ich komme gleich. Ken braucht noch ganz kurz.»

Meine Gedanken kreisen gerade nur um Giusi und das Date. Was soll ich anziehen? Wie stark soll ich mich schminken? Schließlich kenne ich ihn gar nicht. Ich habe nur ein paar Fotos von ihm gesehen und einige Zeilen gelesen. Da sollte man vielleicht nicht zu dick auftragen.

«Nein! Ich möchte, dass du mitspielst», sagt sie zornig.

Ich ignoriere sie und antworte Giusi, dass ich gerne komme, sofern mein Babysitter spontan Zeit hat. Er weiß, dass ich eine Tochter habe. So was möchte ich nicht verheimlichen, sondern von Anfang an mit offenen Karten spielen. Über WhatsApp suche ich nach unserem Chat. Er hat bereits dreimal auf Eli aufgepasst und jedes Mal freut sie sich, wenn er kommt.

*Hey, ich weiß, es ist super spontan, aber könntest du heute Abend auf Eli aufpassen?*

Sofort ist er online und schreibt. Bitte, lass ihn Zeit haben, nur heute!

*Ich habe heut nix mehr vor. Wann soll ich kommen?*

Mein Herz springt in die Luft. Danke, Raphael, du bist mein Retter!

## RAPHAEL

Was für ein trister Samstag. Ich hasse diese Jahreszeit; am liebsten würde ich mich in mein Bett verkrümeln und überhaupt nichts mehr tun. Schon gestern habe ich nichts auf die Reihe bekommen. Ich laufe in die Küche und überlege, was ich mit dem restlichen Tag noch anfangen soll. Keiner hat Zeit oder Lust, etwas zu unternehmen; nicht mal Sonja, sie trifft sich mit Martin. Dabei hätte ich heute sogar Lust auf soziale Kontakte. Wenn ich mir bildlich vorstelle, wie die beiden zusammen sind, werde ich traurig. Ich fühle mich einsam.

Der Kühlschrank ist bis auf ein paar alte Grillsaucen, Eier und Hirtenkäse fast leer. Der überwiegende Teil ist mit Bierflaschen aufgefüllt. Ich nehme mir eins heraus; heute schmeckt es besonders gut. Vielleicht sollte ich mir gleich nochmal eins genehmigen; es ist schließlich Wochenende. Ich schalte den Fernseher an und zappe mich durch langweilige Werbespots. Auf *Netflix* sehe ich auch nichts, was mich interessiert. Der herbe und zugleich süßliche Geschmack dieser neuen Biersorte gefällt mir. Eine Zigarette passt wunderbar dazu. Sofort gehe ich dem ersten Impuls nach – mein Körper schreit förmlich danach, sich heute vergiften zu wollen. Ich zünde mir auf dem Balkon die Kippe an. Mein *cell phone* vibriert; es ist Mom. Ich habe keine Lust, mit ihr zu reden. Andererseits bin ich wieder knapp bei Kasse. Vielleicht kann ich sie um etwas Geld anpumpen? Ab der zweiten Monatshälfte ist bei mir auf dem Konto nicht mehr viel übrig.

«Hey, Mom.»

«Hallo, mein Schatz! Wie geht es dir?»

«Wie soll es mir schon gehen?»

«Na ja, ich hatte gehofft, dass du etwas Schönes finden konntest, was dich von dein… dieser Winterdepression ablenkt.»

«Mom, du könntest mir Geld leihen. Das stimmt mich bestimmt glücklicher.»

Daraufhin folgt eine längere Pause. Ich entnehme einen tiefen Seufzer.

«Ach, Raphi. Es dreht sich bei dir immer alles nur ums Geld. Du solltest dich nach einer anständigen Arbeit umgucken. So kann das doch nicht ewig weitergehen.»

Meine Magengrube zieht sich zusammen. Ich kann diese Art von Unterhaltung nicht führen; nicht heute.

«Ich muss auflegen, ich melde mich bei dir», sage ich und drücke sie weg. Es ist nur noch ein kleiner Rest in der Flasche, weg damit. Mein *phone* vibriert erneut; hoffentlich nicht schon wieder meine Mutter. Doch es ist eine *message* von Ludmilla. Ob ich auf Eli aufpassen könne. Hm, warum eigentlich nicht? Dann wäre ich wenigstens abgelenkt und verdiene dabei noch etwas Geld. Ich überlege nicht lange und sage ihr zu.

# MARTIN

«Was willst du denn noch alles von mir?», frage ich mit erhobener Stimme.

«Ich will einfach nur, dass du aufhörst, jeden Menschen in deinem Leben schlecht zu reden!»

Wie eine Furie schreit Sonja mich an. So kannte ich sie bisher nicht. Normalerweise sagt sie einfach, dass ich mich wieder beruhigen und das Gespräch später mit ihr fortsetzen soll.

«Das stimmt doch so überhaupt nicht! Was kann ich denn dafür, dass ich mit lauter inkompetenten Menschen zusammenarbeiten muss?»

«Da! Du tust es schon wieder. Bitte, hör auf damit!» Sie legt ihr Gesicht in die Hände und schüttelt energisch den Kopf.

«Meine Güte, bist du wieder sensibel! Das kommt bestimmt von deinem ganzen Yogi-Palaver. Das versperrt dir nur die Sicht auf die Realität. Du musst auch mal was aushalten können!»

Sie schaut mir tief in die Augen und ihr Kinn zittert. Oh Gott, es geht los. Immer dieses Drama um nichts. Wieso hält denn heute, verdammt noch mal, keiner mehr irgendwas aus? Diese weichgespülten Leute, denen man nicht mal klar die Wahrheit ins Gesicht sagen kann.

«Selbst, wenn ich Kinder wollte, wie könnte ich mit einem Menschen wie *dir* ein Kind in die Welt setzen?»

Sie wendet sich von mir ab und verlässt das Wohnzimmer.

«Halt! Wo willst du hin?», brülle ich ihr hinterher. Das lasse ich nicht auf mir sitzen. Wie kann sie es wagen, so mit mir zu sprechen? Es kommt keine Antwort und ich höre, wie sie im Flur ihre Schuhe anzieht.

«Ich frage dich jetzt noch einmal, Sonja, wo willst du hin?»

Sie ignoriert mich weiterhin. Ich packe sie am Arm und plötzlich rastet sie aus.

«Lass mich sofort los!»

Sonja dreht sich um und versucht sich von mir zu lösen. Ich halte sie noch immer fest. Erneut drückt sie ihren ganzen Körper von mir weg. Dabei ist sie mit einem Mal so stark, dass sich meine Finger von ihr lösen. Taumelnd fällt sie wie in Zeitlupe nach hinten. Ich versuche noch nach ihrer Hand zu greifen, doch zu spät. Sie schlägt mit ihrem Hinterkopf auf eine Treppenstufe und es knallt. Verdammte Scheiße!

«Ist bei dir alles in Ordnung?» Ich bücke mich, doch sie scheint sich nicht zu bewegen. «Sonja? Hallooo?»

Ich rüttle sie am ganzen Körper. Verfluchter Mist! Ist sie tot? Doch dann bewegt sie sich wieder.

«Aua …», höre ich leise.

Langsam öffnet sie ihre Augenlider.

«Gott sei Dank, dir ist nichts passiert!»

Ich nehme sie in den Arm und bin furchtbar erleichtert, dass sie wieder spricht. Doch sie stößt mich einfach weg, steht auf und schnürt die Schnürsenkel zu, als wäre nichts passiert.

«Was ist los? Was tust du denn?»

Sonja schnappt sich ihre Jacke. «Ich will nie wieder etwas mit dir zu tun haben. *Nie wieder.*»

Eiskalt öffnet sie die Wohnungstür und verschwindet im Dunkeln.

# SONJA

«Ahhh, mein Kopf!», sage ich laut, obwohl mich keiner hört.

Wie konnte es so weit kommen? Tränen bilden sich in meinen Augen. Blindlings lauf ich in irgendeine Richtung. Ich muss weg von hier; weg von ihm, bevor noch Schlimmeres passiert. Es ist bereits dunkel und ich weiß nicht, wohin ich gehen soll. Mein Kopf schmerzt so brutal, dass um mich herum alles nur verschwommen ist.

«Du verdammtes Arschloch!», brülle ich und bin überrascht, dass ich so etwas laut ausgesprochen habe.

Ein Auto kommt mir von weitem entgegen. Die hellen Halogenscheinwerfer blenden mich. Ich kann nichts mehr sehen. *Wuuuusch!* Das Fahrzeug rast an mir vorbei; so nah, dass ich in einen Graben ausweichen muss, damit es mich nicht erwischt. Es ist nichts passiert, ganz ruhig. Ich habe komplett die Orientierung verloren. Die Landstraße ist kaum beleuchtet und leichter Nebel bildet sich in der Luft. Dabei bin ich mir nicht sicher, ob er wirklich da ist, oder ob ich ihn mir nur einbilde. Ich könnte auf Google Maps nachschauen, wo ich gerade bin; doch das ist mir zu anstrengend. Stattdessen laufe ich weiter geradeaus.

Plötzlich höre ich einen Schrei; laut und schrill. Dabei fahre ich vor Schreck zusammen. Wer war das? Ich bin mir nicht sicher, aus welcher Richtung er kam. Dann höre ich noch eine weitere Stimme. Es wird immer deutlicher, je mehr ich mich darauf konzentriere.

«Lass das!», höre ich ein Kind.

Ich versuche den Lauten zu folgen, sie kommen definitiv von links. Weg vom Straßenrand laufe ich in das Waldstück, wo der Nebel immer dichter wird. Von weitem sehe ich die Silhouette eines Mannes, der mit dem Rücken zu mir gedreht ist. Vor ihm steht ein kleines Mädchen, dessen Gesicht ich nicht erkennen kann. Ganz leise schleiche ich mich näher ran. Die vertrockneten Blätter unter meinen Füßen rascheln, als ich auf sie trete; hoffentlich hört man mich nicht.

Hinter einem Baum finde ich ein Versteck und halte kurz

inne. Vorsichtig drehe ich meinen Kopf zur Seite, um zu erkennen, was da vor sich geht. Dieser Mann scheint an ihr herumzuzerren.

«Ich … mag das nicht», sagt sie.

Leider kann ich nicht sehen, was genau er da macht. Doch mein Bauchgefühl sagt mir, dass es nicht ihr Vater ist. Deutlich hat sie ihm gesagt, dass sie es nicht mag und trotzdem hört er nicht auf. Irgendetwas stimmt hier nicht. Meine innere Stimme sagt mir, dass ich eingreifen muss.

«Entschuldigung, aber was tun Sie da?»

Ich komme aus meinem Versteck hervor. Er dreht sich um, doch ich kann immer noch nicht erkennen, wer er ist. Erst, als ich ein paar Schritte näherkomme, sehe ich die Gesichtszüge. Weit aufgerissene, grüne Augen starren mich entsetzt an. Trotz der Dunkelheit funkeln sie wie kleine Smaragde; diese wunderschönen Edelsteine sind mir vertraut. Unzählige Male haben sich unsere Blicke schon gekreuzt.

«Was zum ...» Mein Atem stockt, als ich erkenne, was hier geschieht. Ich sehe, dass er etwas in seiner Hand hält. Ist das etwa … ein Messer? Vor Angst drehe ich mich um und laufe weg.

«Sonja, warte! Ich kann das erklären!»

Meine Beine rennen so schnell sie mich tragen können. Ich möchte nur noch weg von hier; am liebsten sofort vergessen, was ich beobachtet habe. Der Nebel ist mittlerweile so dicht, dass ich fast gar nichts mehr sehen kann. Er ist mir dicht auf den Fersen, während ich keuche und versuche, schneller zu laufen. Ich möchte nicht, dass er mich einholt. Was hat er nur getan und wieso hielt er eine Waffe in seiner Hand? Auf keinen Fall darf er mich kriegen. Meine Kräfte schwinden, ich werde langsamer und wackeliger. Sicherlich ist er ganz nah hinter mir. Plötzlich merke ich nur noch, wie ich falle. Dann wird alles schwarz.

# RAPHAEL

Ich bin pünktlich, zumindest fast. Als ich Ludmillas Klingel betätige, öffnet sie mir über das ganze Gesicht strahlend die Tür.

«Da ist er ja, mein Retter!»

Ludmilla umarmt mich trotz ihrer Worte eher zaghaft und gibt mir einen Kuss auf die Wange. Das hat sie bisher noch nie gemacht. Sie ist ganz schön aufgebrezelt.

«Hast du ein Date?»

«Ja … merkt man das?»

«Absolut!»

«Oh. Ist das vielleicht etwas … zu viel?» Sie deutet mit einer Armbewegung auf ihr Outfit.

«Nein, finde ich nicht. Du siehst toll aus!»

Sie schaut mich irritiert an und rümpft ihre Nase. Etwas verunsichert tritt sie einen Schritt nach hinten. «Sag mal, Raphael, hast du etwas getrunken?»

Ehe ich auf ihre Frage reagiere, rennt Eli auf uns zu und ruft laut: «Hallooo, Raphael! Spielst du heute mit mir Barbie und Ken?»

«Na klar! Aber nur, wenn ich Barbie spielen darf.»

«Neiiin, ich bin Barbie! Du kannst doch kein Mädchen sein.»

«Ha ha, in Ordnung.»

«Juhu! Ich komme gleich wieder!» Händeklatschend springt sie in die Luft und sprintet in ihr Kinderzimmer. Ludmilla scheint abgelenkt zu sein und läuft wie ein aufgescheuchtes Huhn hin und her.

«Eli sollte wie immer spätestens um zwanzig Uhr im Bett sein. Sie ist heute sehr … lebhaft.» Beim Reden trägt sie vor dem Spiegel einen purpurroten Lippenstift auf.

«Ist gut.»

«Hast du schon etwas zu Abend gegessen?»

«Nicht so viel.»

«Es sind noch Sandwiches im Kühlschrank. Nimm dir ruhig was davon.»

«Okay.»

Ludmilla greift nach ihrer Handtasche und betrachtet sich nochmals von allen Seiten im Spiegel.

«Ich wünsche dir viel Spaß», sage ich und freue mich wirklich für sie. Sie erzählt selten etwas über sich und wirkt ab und an ein bisschen melancholisch. Vielleicht sind wir beide *lonely souls*.

«Oh, danke dir.» Sie bückt sich zu Eli und gibt ihr einen Kuss auf die Backe. «Du darfst jetzt schön mit Raphael spielen.»

«Ich wollte doch aber mit dir spielen, Mama! Du hast mich gar nicht lieb», schmollt sie und verschränkt die Arme.

«Aber natürlich habe ich dich lieb! Morgen gehen wir zusammen auf den Spielplatz, okay?»

«Au jaaa!», sagt sie und springt auf und ab wie ein Frosch.

Als Ludmilla die Wohnung verlässt, spielen wir mit ihren Puppen die Geschichte von *Dornröschen* nach. Gestern durfte sie den Film zum ersten Mal mit ihrer Mama anschauen, berichtet sie stolz. Ken muss sie aus dem Schloss befreien und darf die schlafende Barbie wachküssen. Da sie mich zu ihrem Retter kürt, finde ich, habe ich mir eine echte Belohnung verdient. Der Blick in Ludmillas Kühlschrank ist äußerst ernüchternd. Ich checke die Zeit, es ist neunzehn Uhr elf. Unser nächster Programmpunkt steht fest.

«Eli, wir machen einen Spaziergang zum Supermarkt. Du darfst dir auch was Kleines aussuchen», versuche ich sie zu motivieren.

«Ich möchte ein Überraschungsei!»

«Okay. Auf geht's!»

Ohne Murren zieht sie sich ihre Jacke und Schuhe an. Auch das Binden der Schnürsenkel schafft sie problemlos. Eli ist schon weit für ihr Alter. Wir laufen gemeinsam die Treppenstufen hinunter. Für mich zu langsam; ich muss geduldig sein. Der Weg zum Supermarkt ist nicht optimal zu Fuß erreichbar, doch ich kenne keine bessere Route. Ich nehme Eli an die Hand; am Straßenrand ist es gefährlich, denn die Autos fahren schneller als es die Höchstgeschwindigkeit eigentlich erlaubt.

«Raphaeeel, du bist zu schnell», sagt sie leicht außer Atem.

«In Ordnung. Ich laufe langsamer.»

Sie drückt meine Hand etwas fester.

«Ist es so besser?», vergewissere ich mich.

«Ja», bestätigt sie.

Ihre kleinen Finger sind warm und weich. Sie fühlen sich so an wie Sonjas, als wir noch klein waren. Solch einen angenehmen Körperkontakt hatte ich schon lange nicht mehr. Lediglich Umarmungen von Sonja zur Begrüßung oder zur Verabschiedung. Eli ist ein liebes und niedliches Kind. Später wird sie bestimmt mal eine hübsche Frau sein. Es ist genau das, wonach ich mich sehne: Intimität. Ich möchte die Wärme einer Person spüren, die ich von Herzen mag.

Die herabgefallenen Äste knistern unter den Schuhen, während wir durch die Eiseskälte am Wegesrand marschieren. Schlagartig kommt mir ein Gedanke, den ich zuvor noch nie hatte. Es ist wie eine Erkenntnis. Habe ich es nicht auch verdient, körperliche Nähe und Zärtlichkeit zu bekommen? Warum muss ich danach suchen und immer nur hoffen, dass ich es vielleicht irgendwann mal erleben darf? Nein, das ist ungerecht. Andere bekommen doch auch Liebe und Zuneigung, ohne danach betteln zu müssen. Als Kind wurde ich von meiner Mutter nie geküsst oder in den Arm genommen. Es war immer eine Distanz zwischen uns. Ich will doch nur Geborgenheit. Habe ich es nicht auch verdient, bedingungslos geliebt zu werden?

Entschlossen zerre ich Eli vom Straßenrand weg. Wir laufen zwischen den kahlen Bäumen hindurch; dabei stehen sie wie feste Säulen in einem weiten Saal. Doch im Gegensatz zu einem Raum, gibt es im Wald weder einen Ein- noch einen Ausgang. Er scheint unendlich weit zu sein.

«Wohin gehen wir?»

Ich habe nun ein klares Ziel vor Augen, nämlich mir das zu holen, was mir zusteht und was ich verdient habe.

«Warte ab», flüstere ich.

Als wir weit genug von der Straße entfernt sind, blicke ich mich in alle Richtungen um, um sicherzugehen, dass niemand hier ist.

«Eli, bevor wir weiter gehen, möchte ich ein wenig mit dir

kuscheln», spreche ich ganz leise.

«Kuscheln?»

«Ja, nur ein bisschen schmusen.»

«Aber … das tue ich nur mit meiner Mama.»

«Mama ist jetzt aber nicht hier. Deswegen werden wir etwas miteinander kuscheln. Komm Eli, das wird schön!»

Behutsam öffne ich den Reißverschluss ihrer Jacke und fahre mit meinen Armen unter ihren Pullover; sie schreckt zurück.

«Ah … deine Hände sind kalt.»

«Keine Sorge. Sie werden gleich warm.»

Je intensiver ich sie streichle, desto mehr windet sie sich. Irgendwann stößt sie einen so lauten Schrei aus, dass ich ihr sofort befehle, leise zu sein.

«Ich … mag das nicht», sagt sie ablehnend.

Wieso stößt sie mich von sich? Dabei war ich doch immer so gut zu ihr. Ich möchte doch nur ein bisschen Nähe. Ihre warme und weiche Haut fühlt sich so gut an. Ich genieße es gerade so sehr. Vielleicht habe ich ein Bonbon in meiner Jackentasche, damit sie aufhört zu nörgeln. Doch statt einer Süßigkeit halte ich etwas anderes in der Hand. Offenbar habe ich eine Spritze des Schlafmittels in meiner Tasche deponiert. Seltsam, ich kann mich daran nicht erinnern.

Unerwartet höre ich eine Frauenstimme. Dieser Tonfall kommt mir bekannt vor; er geht mir durch Mark und Bein. Eine kristallklare Stimme. Nein, das kann nicht sein. Das darf einfach nicht wahr sein! Ich gebe mir einen Ruck, wende mich in ihre Richtung und natürlich steht *sie* vor mir. Mit großen Augen schaut sie mich an. Es ist eine Kombination aus Furcht und Abscheu.

«Was zum …», beginnt sie, aber verstummt dann.

«Sonja, warte! Ich kann das erklären!», sind die einzigen Worte, die aus meinem Mund kommen. Eli weint. Sonja dreht sich um und rennt weg.

*Fuck!* Jetzt läuft alles komplett aus dem Ruder.

«Eli! Beruhige dich! Was ist denn los?»

Leider hat es genau das Gegenteil bewirkt; ihr Weinen wird stattdessen nur noch lauter und zorniger. Wieso hört sie nicht auf mich? Ich habe sie doch freundlich darum gebeten, leise zu sein. Sei still, Eli, bitte! Wenn sie nicht aufhört, kann uns sicher jemand hören. Noch immer halte ich die Kanüle in meiner Hand, kurz zögere ich. Sie hört nicht auf mit ihrem fürchterlichen Geschrei. Ich muss etwas tun; sofort.

Zielsicher ramme ich die Spritze in ihren Oberarm und es dauert nur wenige Sekunden, bis sie zu Boden fällt. Im nächsten Atemzug folge ich Sonja. Sie kann doch nicht einfach weglaufen. Es ist nur ein Missverständnis, ich kann ihr das alles erklären. Ich will nicht, dass sie mich hasst. Im dunklen Nebel sehe ich so gut wie nichts. Mit einem Mal ist Sonja aus meinem Blickfeld verschwunden. Als hätte sie sich in Luft aufgelöst.

«Sonja?»

Sie antwortet nicht. Erst als ich ein paar Schritte weitergehe, stelle ich fest, dass sie nicht einfach nur hingefallen, sondern in eine tiefe Grube gestürzt ist. Ich kann nicht sehen, ob sie sich bewegt; es ist einfach zu finster.

«Sonja? Geht es dir gut?»

Nichts außer Totenstille. Das Loch schaut tief aus; zu tief, um ohne fremde Hilfe wieder herauszuklettern. *Holy shit!*

Hoffentlich hat sie sich nicht das Genick gebrochen. Ich wollte doch nicht, dass ihr etwas passiert! Um mich herum ist es so still, dass man eine Stecknadel fallen hören würde. Keine Menschenseele hier; ich fühle mich unwohl. Mein Körper zittert und ich friere. Erst jetzt verstehe ich, was alles geschehen ist. Es fühlt sich so surreal an; als wäre alles nur ein Albtraum. Doch ich wache nicht auf. Um sicherzugehen, zwicke ich mich in den Unterarm und spüre einen leichten Schmerz. Nichts passiert; noch immer stehe ich mitten im Dickicht des Waldes.

Ich muss etwas tun, irgendetwas! Sonja scheint bewusstlos zu sein. Als ich den Empfang auf meinem *cell phone* prüfe, erkenne ich nur einen Balken. Ich aktiviere die Lichtfunktion und laufe wieder aus dem Wald zur Straße zurück, um die Polizei anzurufen.

«Polizeistation Ravensburg, Polizeimeisteranwärter Kletterer am Apparat.»

«Hallo. Ich habe Schreie aus dem Wald gehört und möchte das bei Ihnen melden.»

«Haben Sie jemanden gesehen?»

«Nein. Doch ich glaube, dass etwas passiert ist», erkläre ich.

«Befinden Sie sich noch an der Stelle?»

Ich überlege, was ich darauf antworten soll. «Aus Angst bin ich wieder nach Hause gegangen.»

Nachdem ich den Standort durchgegeben habe, folgt die letzte Frage des Polizisten: «Und wie ist Ihr Name?»

Ich schlucke den ganzen Speichel hinunter, der sich in meinem Mund gesammelt hat.

«Ich will nur helfen und möchte daher anonym bleiben. Hoffentlich habe ich mich nur geirrt», beende ich das Telefonat.

Schon bald kommt dir jemand zur Hilfe, Sonja. Alles wird gut. Nun muss ich mich um Eli kümmern. Ich wollte ihr nicht weh tun; es war wie ein Reflex. Wenn die Polizei in den nächsten Minuten kommt und beide findet, könnte ich in Schwierigkeiten geraten. Ich muss Eli sofort von hier wegbringen. Sie schläft doch nur; alles nicht so schlimm. Energisch hebe ich sie mit beiden Armen vom Boden auf.

Als ich mit ihr zurückstapfe, höre ich die Rufe einer Eule. Trotz meines Keuchens kann ich sie laut und deutlich wahrnehmen. Es ist, als würde der Kauz mit mir schimpfen. Immer und immer wieder schreit mich sein langgezogener, heulender Ruf an. Sei doch still! Lass mich in Ruhe!

Ich laufe schneller; zum Glück ist es nicht mehr so weit bis wir bei Ludmilla zuhause sind. Ich kann mich nicht erinnern, wann ich das letzte Mal so energiegeladen war. Eli rührt sich die ganze Zeit über nicht, doch ihre Bauchdecke bewegt sich auf und ab. Ihr geht es gut, da bin ich mir sicher. Es fahren einige Autos auf der Straße an uns vorbei. Auf einmal höre ich eine Hupe und fahre vor Schreck zusammen. Wir sind gleich da, nur noch wenige Meter bis zum Ziel. Halte durch, Raphael! Vor dem Haus suche ich die Schlüssel. Ein Jugendlicher läuft an uns vorbei.

«Was ist denn mit Eli?», fragt er mich.

*Damn it!* Wieso müssen sie sich auch noch kennen? Wie viel

Pech kann man denn noch haben?

«Eli war sehr müde und ist eingeschlafen. Ich muss sie jetzt ins Bett bringen.» Dabei wiege ich sie in meinen Armen wie ein Baby. «Wer bist du eigentlich?»

Der Junge bohrt ungeniert in seiner Nase und holt einen Popel raus. Nein, bitte tu es nicht. Doch er schmiert diesen an seine Hose.

«Paul. Von nebenan.»

Auch das noch. Hoffentlich stehen sie sich nicht zu eng.

«Okay, Paul. Lieb, dass du dich um Eli kümmerst. Ich wünsche dir eine gute Nacht.»

Endlich halte ich den Haustürschlüssel in der Hand und stecke den passenden davon in das Schloss.

«Gute … Nacht», höre ich ihn noch, als ich die Tür schon hinter mir geschlossen habe.

Schweißgebadet lege ich Eli auf das Sofa. Ich prüfe die Einstichstelle an ihrem Oberarm, drumherum sind rote Pusteln. Mein Herz klopft wie wild. Was soll ich jetzt tun? Denk nach, Raphael, denk nach. Nach einem kurzen Moment bin ich wieder vollkommen klar im Kopf. Es ist ganz einfach, es gibt überhaupt kein Problem; *easy*. Ich rufe Ludmilla an und kann ihr das alles erklären. Gleichzeitig öffne ich den Medikamentenschrank in ihrem Badezimmer und hole eine Spritze aus der bereits geöffneten Schachtel.

Es klingelt nur zweimal.

«Raphael? Was ist los?»

«Ludmilla! Du musst mir helfen …», dabei habe ich angefangen zu schluchzen, «… Eli hatte eine anaphylaktische Reaktion. Wir haben die restlichen Sandwiches gegessen und dann ist es plötzlich losgegangen.»

«Was?», höre ich Ludmillas ängstliche Stimme. «Bist du sicher, dass sie einen Schock hatte?»

«Ja. Es waren genau die gleichen Symptome wie damals, als wir gemeinsam bei dir zu Abend gegessen haben. Du weißt doch noch, als Eli die Crevetten verspeiste und diese heftigen Symptome bekam. Auf ihrem Körper sind die gleichen roten Flecken zu erkennen.»

«Um Himmels Willen! Du hast ihr doch hoffentlich sofort

das Adrenalin gegeben, oder?»

Über der Spüle drücke ich die Flüssigkeit aus der Spritze, die ich aus der Verpackung genommen habe.

«Aber natürlich! Danach sind die Pusteln auch weniger geworden und Eli hat sich wieder beruhigt. Ich glaube, dass sie eingeschlafen ist. Ich mache mir aber trotzdem Sorgen und weiß nicht, was ich tun soll. Vielleicht sollte ich besser einen Krankenwagen rufen.»

Ich höre nur noch, wie Ludmilla am anderen Ende der Leitung weint. Es ist doch nichts Schlimmes passiert; alles wird gut.

# VIER MONATE SPÄTER

## *5. APRIL 2024*

## SONJA

Seit der Erkenntnisse im Restaurant hat sich vieles in meinem Leben verändert. Ich war bitter enttäuscht; einerseits über mich selbst und andererseits über die Menschen in meinem Vertrauenskreis. Mir wurde schon öfter nachgesagt, ich wäre zu gutgläubig und gebe vielen Leuten zu schnell einen Vertrauensvorschuss. Vielleicht stimmt das sogar. Irgendwo habe ich mal gelesen, dass die Welt so ist, wie du sie siehst. Und ich glaube grundsätzlich an das Gute im Menschen.

Ich brauche erstmal einige Zeit für mich und ziehe mich aus der Öffentlichkeit zurück. Auch, wenn mir das Alleinsein nicht immer leichtfällt, ist es essenziell für meinen Prozess. Es ist ermüdend, Gesprächen zu folgen oder selbst welche zu führen. Ich schreibe ein Tagebuch, welches mir dabei hilft, das Erlebte besser zu verarbeiten. Die Person, die ich schon seit der Kindheit kenne und immer ein wichtiger Bestandteil in meinem Leben war, trägt ein Geheimnis in sich, welches mir bis zu diesem Tag verborgen war.

Raphael wusste von Anfang an, weshalb ich meine Erinnerungen verloren hatte, und hat mir die ganze Zeit etwas vorgespielt. Als er sich um mich gekümmert hat, ging es ihm eigentlich nur darum, dass die Wahrheit nicht ans Licht kommt. Und es macht nicht mal den Anschein, als hätte er ein schlechtes Gewissen. Ich stelle sein ganzes Wesen und unsere Freundschaft in Frage.

Von Martin habe ich mich getrennt und jeden Kontakt abgebrochen. Keine Anrufe, keine Nachrichten, keine Briefe, keine Besuche; nichts. Es hat gedauert, bis sich seine Tobsuchtsanfälle legten, doch nun scheint er meine Entscheidung akzeptiert zu haben. Ob er mich auch wirklich versteht, bezweifle ich.

Ein Partner, der mich unterstützt und respektiert, ist das, was ich brauche. Viel zu lange habe ich vergessen, was

Wertschätzung in einer Beziehung bedeutet. Insgeheim habe ich immer gespürt, dass Martin nicht der Richtige für mich ist. Doch ich konnte einfach keinen Schlussstrich ziehen und bin deswegen stolz auf mich, dass ich es endlich geschafft habe, mich von ihm zu lösen. Ich wünsche ihm, dass er irgendwann versteht, dass er Hilfe braucht.

Raphael fand man bewusstlos neben den Bahngleisen und er wurde mit einer Alkoholvergiftung ins Krankenhaus eingeliefert. Laut Aussagen des Personals bestand der dringende Verdacht auf Suizidalität. Nach einigen Routineuntersuchungen wurde er sofort zu einem Spezialisten überwiesen. Mit seinem neuen Therapeuten erkannte er, dass seine bisher unterdrückte pädophile Neigung unter anderem der Grund für seine Probleme ist. Jahrelang ist man vom falschen Krankheitsbild der Depression ausgegangen. Keiner hat sich bislang mit seinen übermotivierten Schüben auseinandergesetzt. Nun ist die Diagnose eindeutig: Er leidet unter einer bipolaren Störung.

Ich habe den Kontakt vermieden, weil ich nicht wusste, wie ich mit der psychischen Krankheit und der Situation umgehen soll. Einige Wochen später haben wir uns ausgesprochen, womit ich zu Beginn Schwierigkeiten hatte. Er sagte mir, dass er sich auch zu erwachsenen Frauen hingezogen fühlt. Auf meine Frage, wie stark seine Gefühle mir gegenüber sind, meinte er, dass er die Thematik auch in seiner Therapie behandelt. Er ist sich unsicher, ob die Vorstellung an eine perfekte Beziehung mit mir eine Projektion ist, oder ob er mich wirklich liebt. Danach machte ich mir Vorwürfe, dass ich die Anzeichen nicht früher erkannt habe. Die Kombination aus seinen lethargischen Zuständen und den antriebsgesteuerten Phasen habe ich vor allem dem übermäßigen Alkoholkonsum zugeschrieben.

Eli ist nach Ludmillas Ankunft im Krankenhaus wieder aus dem Koma erwacht. Die Ärzte hatten von Anfang an Zweifel an der Geschichte mit dem Adrenalin. Die Blutergebnisse ergaben, dass Eli aufgrund einer Überdosierung des Wirkstoffs *Midazolam* in ein künstliches Koma versetzt worden war. Die Ärzte waren selbst verwundert, dass sie so viele Tage nicht ansprechbar gewesen ist. Ludmilla wurde daraufhin sofort klar, dass Raphael sie angelogen hat. Das Personal des Krankenhauses hat diesen Fall an die Behörden gemeldet, woraufhin die Polizei weiter ermittelte und bis jetzt in Kontakt mit Ludmilla steht.

Nach meiner Rückkehr aus dem Yoga-Retreat habe ich mich mit Ludmilla in einem Café in der Ravensburger Innenstadt getroffen, um ihr von meinen Beobachtungen im Wald zu erzählen. Sie war schon über den Bericht des Krankenhauses entsetzt, aber dass er ihre Tochter auch noch unsittlich berührte, brachte das Fass zum Überlaufen. Unaufhaltsam liefen ihr die Tränen. Ich dachte mir schon, dass sie sich danach noch schuldiger fühlen wird, als sie es eh schon die ganze Zeit tat.

Raphael und Ludmilla kannten sich noch nicht allzu lange. Trotzdem hätte sie ihm das nie zugetraut – genauso wenig wie ich. Nachdem Raphael bewusst geworden war, dass er Eli etwas Schlimmes angetan hatte, suchte auch er den Kontakt zu Ludmilla und hat für seine Taten Reue gezeigt. Es dauerte mehrere Anläufe, bis sie ihm überhaupt zuhören wollte. Letztlich brachte ein Brief sie zum Einlenken, in dem er ungeschönt von seiner Lage berichtete. Der Alkoholsucht. Den Selbstmordgedanken. Der verdrängten Neigung, die ihn fast verzehrt hätte. Ludmilla erkannte, dass er schwer krank ist. Das macht seine Taten nicht ungeschehen, dennoch besaß Ludmilla genug Stärke, um ihm nicht noch mehr zu schaden. Raphael ist aufgrund seiner Probleme genug gestraft. Schließlich hatte sie, obwohl sie ihn für sein Verhalten verabscheute, sogar Mitleid mit ihm.

Glücklicherweise scheint Eli von der Überdosierung keine schwerwiegenden Folgeschäden erlitten zu haben. Trotzdem schickt Ludmilla sie regelmäßig zum Kinderpsychologen, um auf Nummer sicher zu gehen. Da ihre Tochter keine Verhaltensauffälligkeiten aufweist, könnte man meinen, dass Raphael ihr zumindest hier die Wahrheit mit dem einmaligen Übergriff erzählte.

Nachdem ich meine Erinnerungen auch der Polizei gemeldet hatte, hat Ludmilla gegen Raphael einen Strafantrag bei der Staatsanwaltschaft gestellt. Dabei hätte sie zwei Gründe gehabt. Nach reiflicher Überlegung hat sie sich nur für einen entschieden: vorsätzliche Körperverletzung.

Man spürt, dass der Frühling kommt; es sprießen die ersten Krokusse und Schneeglöckchen. Die hellen Farben der Blütenblätter bringen Wärme in mein noch eingefrorenes Herz. Aber ich spüre, dass es langsam auftaut und die Eisschicht immer dünner wird. Schon bald werde ich bereit sein, wieder Yoga in einem Kurs voller Leute zu praktizieren. Hin und wieder mache ich mir Gedanken über die außergewöhnliche Begegnung mit dem Mönch, den ich seit meiner Rückkehr nach Deutschland nie mehr getroffen habe. Ich bin mir fast sicher, dass er mein spiritueller Begleiter war.

Es ist unglaublich, dass wir uns alle im *Ashram* begegnet sind. Die meisten würden sagen, es war ein Zufall. Doch ich bin davon überzeugt, dass es einen Grund gegeben hat, weshalb wir uns alle an diesem mysteriösen Ort getroffen haben.

# Ende

# NACHWORT

Unsere Lebenszeit ist begrenzt und wertvoll. Deswegen danke ich allen, die sich entschieden haben, meinen Roman zu lesen. Ich wollte in dieser Geschichte einige unterschiedliche Persönlichkeitstypen vorstellen. Da viel in sozialen Netzwerken über den Begriff des Narzissmus diskutiert wird, wollte ich besonders Martin repräsentieren. Seine Denkmuster sollen zeigen, wie das Gehirn so vieles anders wahrnimmt und verarbeitet. Raphael war für mich der komplexeste Charakter. Dabei habe ich mich viel mit Depressionen und der bipolaren Störung beschäftigt. Vielleicht fragen Sie sich, mit welcher Person ich mich am besten identifiziert habe? Tatsächlich würde ich sagen, dass ich von allen Charakteren einen kleinen Anteil selbst in mir trage. Was mich am meisten interessiert: Wie fanden Sie die Auflösung der Unfallnacht?

Ich möchte mich an dieser Stelle bei einigen bedanken. Die Aufzählung ist keineswegs abschließend. *Lisa L.* bin ich unendlich dankbar für ihre Zeit, Mühe und Kraft, die sie in die Korrektur meiner Grammatik investiert hat. Bei *Kilian H.* wusste ich, dass er den Plot auf Herz und Nieren überprüfen wird. Auch *Bruno S., Max S.* und *Daniel B.* haben mir ein wertvolles Feedback gegeben. Ebenfalls möchte ich meine Faszination für die großartige Musik von Antonio Vivaldi aussprechen. Während meiner Schreibphasen habe ich eine Vorliebe für klassische Musik entdeckt. Bei den *Vier Jahreszeiten* habe ich mich am meisten auf den *Sommer* gefreut - sensationell!

Ich freue mich über Ihre Meinung und Kritik. Hinterlassen Sie gerne eine Rezension auf Amazon. Sie können mir auch eine E-Mail an annanymonos@gmail.com schreiben oder meinem Account auf *TikTok* oder *Instagram* folgen (falls Sie es noch nicht tun).

Und wer weiß, vielleicht lesen oder sehen wir uns bald wieder?

Printed in Poland
by Amazon Fulfillment
Poland Sp. z o.o., Wrocław

41583719R00103